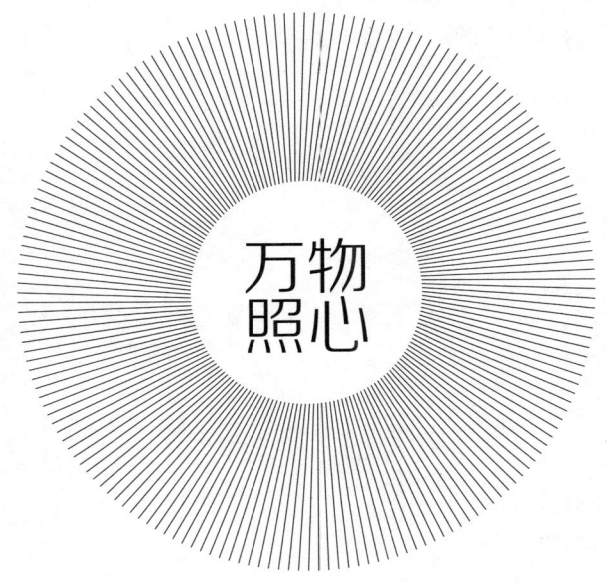

杨献平 著

山西出版传媒集团　北岳文艺出版社

·太原·

图书在版编目（CIP）数据

万物照心 / 杨献平著．-- 太原：北岳文艺出版社，2025.1．-- ISBN 978-7-5378-6961-4

Ⅰ．I227

中国国家版本馆 CIP 数据核字第 2024QL7353 号

万物照心
WANWU ZHAO XIN

杨献平 / 著

出品人
郭文礼

选题策划
李向丽

责任编辑
李向丽
张　昊

助理编辑
崔润宇

装帧设计
张永文

印装监制
郭　勇

出版发行：山西出版传媒集团·北岳文艺出版社
地　址：山西省太原市并州南路 57 号
邮　编：030012
电　话：0351-5628696（发行部）　0351-5628688（总编室）
传　真：0351-5628680
经销商：新华书店
印刷装订：山西人民印刷有限责任公司
开本：787 mm×1092 mm　1/32
字数：150 千
印张：6
版次：2025 年 1 月第 1 版
印次：2025 年 1 月山西第 1 次印刷
书号：ISBN 978-7-5378-6961-4
定价：68.00 元

本书版权为本社独家所有，未经本社同意不得转载、摘编或复制

目录

第一辑　貌似的觉悟

003　去青海

004　当年在西北

005　乍暖还寒时候

006　机上暮晚所见

007　遍地药香

008　那时候

009　蜡梅

010　水仙花

011　大年初一说起故乡故人

012　写实的中年

013　钝刀子

014　生日书

015　府南河边

016　独坐文殊院

017　傍晚手记

018　废铁轨上的一个下午

019　写给黄槐花

021　银叶金合欢

022　短歌

023　惭愧

024　结香

025　在莫舍咖啡

026　河边

027　兰花

第二辑　内心的想象力

031　成都记

033　夜晚即兴

034　初春的树

035　一个人的傍晚

036　众人中独饮茶

037　黑夜的美人蕉

038　一个人的下午

039　写给大儿子杨锐

040　内心的寺庙
042　在九寨
043　拜谒草堂并致杜甫
045　丁酉元宵吃面偶记
047　酒后游览自贡灯会
048　燊海井
050　阳台即景

第三辑　挽留与回到

053　京都记
054　傍晚一瞬
055　突然间泪流满面
056　高铁途中
057　春节
058　邂逅两只山羊
059　冀南平原
060　感谢
061　写给一个中年男人
062　在成都
063　一场大雨之后
064　别离之书
065　秋天记

第四辑　瞬间之诗

069　千里光

070　海棠花苞

071　别人的故事

072　元宵节有感

073　过几天我要送出玫瑰

074　孤独者

075　谈论

076　两个人的事业

077　去医院

078　清明祭奠父亲

079　近日做与思

080　给婉豫

第五辑　爱与慈悲

083　从窗户向外看

084　献给我们即将到来的宝贝

085　努力爱更多的人

086　清明

087　爱一个人要爱品性和内心

088　最好的孩子

089　向晚时刻

091　写给弟弟

093　无私的人

094　桃花

095　年少的桃花

096　芮灼满百天，只能是美好的祝愿

097　回西北的人

第六辑　从个人到大众

101　独在红星路二段有感

102　午睡

103　愿望

104　昨日心情不好

105　越来越旧

106　关于爱情

107　端坐在茶水中

108　阴雨天

109　所爱即所伤

110　和婉豫在岷江边喝茶

111　写给父亲

112　结婚

113　最好的人

114　聚会

115　陪母亲看病

第七辑　当下即未来

119　深入唐家河

120　五月十七日傍晚速写

121　记梦

122　钱包又丢了

123　急就章

124　溪水边

125　壬寅年初夏与芮灼在玉门

126　小果海棠

127　九死一生

128　早晨的地铁上

129　酷热之成都

130　突然的桂花香

131　一个和一个

132　再过西安有所思

133　2020年诗总结

134　剑门关怀李白

135　非洲凌霄

136　在星巴克有所思

137　我的痛，怎么形容

138　2023 春天作

第八辑　书写的可能

141　成都的雪落地即化

142　北方下雪了

143　年少时的雪

144　城市穿梭

145　冬雨的傍晚

146　午夜无法痛哭

147　初冬的茶花

148　孤独与爱恨

149　青川

150　冬天的麦地

151　黎明的广元

152　向北方

153　南太行

154　拜谒陈子昂

155　在射洪

156　写给玉兰花

157　看樱花

158　在海边

159　高铁飞驰油菜花
160　去崇州
161　2024年清明回河北沙河老家扫墓
162　在成都北湖公园
163　昭觉寺
164　高铁上俯瞰平原
165　人类
166　很久没写诗了

167　**访　谈** | 诗歌：内心、灵魂与万物之间的"偶发事件"
175　**代后记** | 诗歌应当是一种精密而宏阔的艺术建构 / 杨献平

第一辑　貌似的觉悟

黑格尔说："哲学就是哲学史。"从这个层面讲，每个人都有自己的命运，诗歌也是。而且，人类和单独的个人，其本身的生产生活史、精神史和文化文明史，便是他们自身的历史。如此而言，诗歌写作本身，也是诗歌史。尽管最终进入文学史的人微乎其微。但书写本身，就是为诗歌乃至文学的历史增加厚度，也是在不断地累积经验。一个毋庸置疑的事实是，所有的文学艺术都是建立在大的道统，即大量前人成就基础上的。谁也不可能独立于外。

记忆的未来出路只有两条：或被遗忘，或被利用。以下这些诗歌，大致是我努力或者被迫向内转的结果。当年我在西北巴丹吉林沙漠从军的时候，自然环境使然，写外物外景的多。至成都，现代城市对人的影响无孔不入，容身于更多的人和人群当中，人会更孤独，或者干脆难以找到自己。唯一可以确认的是，人在俗世生活中的个人苦难，从来无可回避，且清晰隆重。这些诗歌，写自我的内在的冲突，如遭受重击后的痛楚、挣扎、诘问、焦虑和不甘。其中的惶惑、不可抑制的疼痛、无法分解的心灵、精神和灵魂经受等等。当然也有某些时候冒充的豁然与快乐，还有觉悟和清醒。

去青海

骑马或驾云,去青海,太寂寞的事情
需要两个人做
才会从容。但显然不可能
遥想此时此刻
三江源的乌鸦
灵魂已经被雪硬化。西宁穿城的羊群
提着青藏高原的白面獠牙

当年在西北

喃喃、窃窃,跟自己腹语
别人的爱与恨,跟别人口耳相对
说容易误解和仇恨的真话。那时候我还在巴丹吉林沙漠
从军,王维的大漠孤烟
边疆的长河落日。走在戈壁滩上
我时常看到旷野上的孤坟
看到孤坟上端坐的狐狸和乌鸦

乍暖还寒时候

樱花之下,一个小男孩仰头
一群被不断修整的草,回忆它们的哑巴生活
小男孩转身跑进春日
他的那么一丢阴影,遮住好几朵野花

机上暮晚所见

夕阳为人间献上
貌似富有、恢宏的金边。仰望者的精神套餐
椭圆舷窗内外,即生即死
即爱即恨。余下那部分
夹在发动机呜呜声中
机翼上的冷与雨水,暮晚
大地之黑,自上而下,光阴的凶猛军队

遍地药香

佛手瓜、藤椒、吴茱萸,名字好听
做的事更好。人也是大地之物
草木环绕,不言不语者
其实用情最深,自我粉碎的仁与义
慈与悲,绵延的丝线
犹如苦涩的母亲,缝补我们的身心

那时候

"人都是自己把自己报废的。"爷爷说
奶奶嗯声附和。父亲用木棍
捅了捅锅底的黑夜
坐在冬天的灶火旁,膝盖和皱纹
头发上跳着几滴人间雨雪
——现在他们都走了。我翻遍世上的柴灰
也没找到一粒火

蜡梅

其实我分不清,一如在地铁上
商业街、购物中心
熙熙而来,攘攘而往。这是一个俗气的年代
我更俗。在街边,我小声喊:素心、磬口、虎蹄
金钟、小花、狗牙……
那么多,梅梅都是花
梅梅都开。这一刻阴雨之中
忽有一滴水,打在眉心

水仙花

细小的,谨慎的,暗自绰约的
她的香味,在雨中的成都
春节的街道,于窗玻璃上,遁入空无
她们开了,黄色的小花
来自水,当然还有大地。一个接着一个
赴约的人从来不缺
而此生与我亲近的
只有那么几个。比如这水仙花
她们开着,在我的意念和现实之间
粉白的裙摆,密集的花心
我确信:她的深处住着宇宙诸神

大年初一说起故乡故人

越亲近的,越容易伤心。大年初一
冷。成都雨小
南北方交界之地
芳草和落叶
总在更替:一家人坐下来
我说,"我奶奶一生相信,
女儿最好。罹患癌症,唯有我父亲日夜侍候
直到死。""那是一个孝顺的男人,
他的品性让人安心,也惭愧。我总是为他流泪。"
"弟弟少言寡语
但很顾家,对我们母亲很好。
我行千里之外。
哪及弟弟年复一年,一切尽心!"
说到这里,我已哽咽
人生之生,在于生养之人
后世的生存和生活,其实都如云霓电光
尤其人到中年,故乡故人
众生芸芸,一人一颗心,一生此一身

写实的中年

年少首先解决爱情，人到中年
风中开裂的皱纹
和内心的荒城。在房间喝酒
于雨中抬头。天空不止云朵和雷电
命运的袖口好像漏斗
诸多的过往，人世中的乌鸦
或喜鹊，感恩、怀念，都是要命的疾病
海誓山盟的
只余下空。蒙面而来与冥冥注定
油盐酱醋以内，衣食生计，谁在夜半开灯
谁就是一缕光明
谁在梦中，将石头和孤独唤醒
谁就是这年代当中最清醒的老雪与弯弓

钝刀子

事到己身，才知是刀子
还很钝。越是笨家伙，用情越深
它在持续用力
皮下两毫米，越来越尖锐
切割如此严密，如同复仇的先锋部队
重要的不是鲜血，而是那种疼
它叫误解，也叫仇恨
很多人浑然不觉。杀伐者的武器，来自昏暗错觉
活着就像风卷江河，尤其至亲之人
刀子斩头不过瞬间
使用钝刀子的人是我
当然还有你的配合。宽恕者，需要将一把白雪
放在最深的午夜

生日书

宿命的小手指
指甲尖利。我五十岁了,夕阳照耀的芦苇草
老杨树,河流一侧的树枝
从流水中探听生死。万物衔沙拖泥
其中的腥味,仿佛幼年和青年
也可能是根系。人生之事,高尚使人痛苦
庸俗则令人快乐。"明天你生日,杨献平。"
黎明的提醒,我一阵心痛
忍不住苦笑。窗外的黄鹂,突突飞走
叶子集体摆动
它们自身青黄不接
还要佯装花枝乱颤

府南河边

人太多,黄昏被人和物瓜分
成一个我,你和你,至于他和他们
太浩瀚以后,蝙蝠容易绝望
蚊虫参与河灯的婚事
我也老大不小了,当年从荒野的小腹,带着怀孕的沙漠
我天生空旷,至少一百年前
就发誓和很多人
裂土分疆,人世之河滔滔
而我却需要一根马缰
府南河太小,怎比得了我骨缝里那一抹月光
似乎你曾说过:一个男人的内心
必须宽敞,就像一条河,装下她妈妈的悲伤

独坐文殊院

有一块空,在我坐下的空林庵
尼姑们散步去了
我在她们修行处所,佯装心地澄明
喝一口茶。花毛峰一如它的名字
还可以引申到心
素菜的食客,尽管静下来了
一转身,世俗太贵,人世太过繁忙。对面的心香楼
数盏灯火。我听李宗盛《山丘》
这半生爱和爱过的
此刻有菩提之手,小径上,佛袖手而走

傍晚手记

"是的，我的心肠越来越硬"
却非因为高温。成都之夏火焰暗燃
就像隐秘的爱情
一身疲倦的人，在无花的玉兰树下
饮风解渴。远处的车辆自觉于规则
在十三楼上，我只能看到更多的建筑
还只是一些轮廓。尤其是日暮之中
绿树被蝉鸣洗劫
岷江支流严重发黑，若不是取而代之的灯火
我就会以为：这世界轮转的事物
累如危卵。几个近乎赤裸的女人
她们走过，香水袭来
"那不是肉身！以植物灵魂为替代品的
我不知道它们的工序
也不知道，每一次采集，究竟要掘进多深。"

废铁轨上的一个下午

你知道废弃了,但方向还是有的
一个下午,雨下在你的睫毛上
粉红色上衣,就像如此铺展的铁轨一边
那些孤单的花朵
那些断了电的水泥杆,多像远走的遗址
当然还可以看到逐渐废墟的井架
这一带山峦峰聚,再雄伟的事物也有空心之时
让我们小坐一会儿吧
你过来,连同这个夏日略显潦草
与悲伤的风。人生总是需要刹那间忘我
就像你无意中递过来的体温
还有一些香气,从鼻翼绕道内心
哦,铁轨上的一个下午短如去年的草芥
天空如此之昏冥,而我们却只差三斤烈酒

写给黄槐花

可能是两个,一个黄槐花
另一个黄决明。黄是龙凤家族
可他们小,就是民间的了
而且和我同样的站位。就像我无数次在成都
与这两位谋面。在散步和回家的小区
车辆与电动车的街边

对于黄槐花,我看中她娇小的庞大
人活的就是血肉
一个女人,让男人贪恋的往往不是姿态
而是姿态的内部。如黄槐花头部的黑蕊
总是像牛角,给予我的力度
一半是钢铁,一半是兵阵

当然是温柔的。每次驻足,手还没抵达
黄决明就大呼小叫。弟弟护着姐姐
每次我都双脚不稳,先远观
再偷拍,躲起来翻看
手机乃至一切影像设备

让人一时欣喜,但终究短暂
如同尘世诸事万般。可也像人,尤其是我
黄槐花和黄决明
姐姐终身不嫁,试图还原她被弄脏了的灵魂

银叶金合欢

金黄、纤细,如胎毛,婴儿之眼睫
满身苍绿,我凑过去,香
但薄。鼻翼毛茸茸的痒
再靠近一点儿,无边的花朵,绿叶与花蕊合欢
春天大容量的小口
衔着空中的燕子、软塑料和飞机

短歌

你有明月，我有大雪
树林村外，两个肉窝

你有骄傲，咬牙悲切
大野之中，乌鸦哭过

你有脾气，山崩地裂
人间空旷，咱俩爱着

你有年华，皱纹断腿
长风喊雨，桂花听雷

你有白水，高楼暖和
灯光逃遁，酒杯献身

你有决绝，雷霆杀人
泥沙陷河，鱼群失火

你有慈悲，草木兔奔
年华苦长，如油煮心

惭愧

弟弟跑卡车。此刻行驶在山西某个地方
弟媳妇说:俺昨天去给咱爹
烧纸了。这是寒衣节,我在成都
父亲在南太行某一荒地。这么多年
我心里困苦
就像那时候的父亲,人世的镰刀
凿子、斧头,扁担和水桶
一个人靠体力生存,活得如同一把粗盐
死,不只是解脱
作为他的不孝之子。他还活着的时候
没能让他到山外走走
没给他抽过一根好烟
我和弟弟,总是回想他还活着的那些日月
正午的溪水与羊群
风吹的山冈上,白雪追踪夜黑

结香

如某一位神仙
前世真身,日晖及其灰白色粉尘
春光与长椅上的油漆
相互质疑昨夜,风摘掉风的舌头以后
雨被山冈用杏花
打晕,而朝霞为什么伤心?
此一刻我是一个闲人,叶子晚睡不起
满院子的结香,宛如金色钟锤

在莫舍咖啡

看起来需要转移,静坐是午后的咖啡
慢慢散开的,不只是杯子边沿的日光
习惯性冥想的人,与这个城市自身的某种不安
逐渐积攒为亲爱的嘴唇。饮下便是安慰
苦是必要的,稍微涩一点
就当是我隔着一张桌子,在莫舍和你正身相对

再没有如此好的了,谁都需要喧哗之间
那些无端的安静。喜欢发呆的都是孩子
手扶黄昏的,告诉我你家窗外是不是也有三角梅
那个露出脚踝的女孩,白皙将是她一生的命运

我愿意长此以往,用一只汤匙把时光搅浑
对于尘世来说,心事太注重身份
倘若有暗语从窗外抵达,谁将收下内心的狂奔
当我们分头疲惫
莫舍,人生之安闲时刻
应当多一些水仙花,还是玫瑰和惊雷

河边

坐在岸边,他忽然想抽烟
河水赐予人类太多
一口香烟吐出,他忍不住斜一下肩膀
树林那边,还有一个人
只是不抽烟,脖子高举,好像在跟天空谈判

他是来垂钓的,可忘了带鱼竿
她呢?背对流水的人
看起来那么孤单,也好像与他有关

兰花

有一支带叶子的兰花,去掉昨天的露水
就更好了。只是我来得太迟
也生得太早。那些年,应当由蚂蚁开路
从远处迁徙到蜀地
像李白、陆游,其实做个商人也好
但不轻别离。就像此刻
一支兰花横空在心,一个人浑身疲倦
已经中年。一支兰花轻
当她沉实以后,香烟奋不顾身
灰烬之美,伴随天空层叠的云朵和日晕

第二辑 内心的想象力

　　游历是身体的不断挪移与转换,而一个人,无论身在何地,内心的处境无法篡改。不仅如此,很多事情,只能交给时间去不停翻检。帕斯卡尔说,"伟大的人和渺小的人都有同样的不幸,同样的痛苦,同样的激情,然而,一种人处于轮子的边缘,另一种人接近轮子的中心,因而在同样一种旋转中后者所受的影响就要小一些。"诗歌最大的优点,就是可以有话不明说,当然还有隐喻和象征。在当下年代,诗歌写作似乎更需要神性意识和自然意识。特别是处在城市围困之中的人们。当然,城市并非不好。只是,人类及其创造物,在为人极力提供方便的同时,也在产生诸多新的规约与限制。所幸,我们还有内心、精神和想象力,这是唯一自由的东西。

成都记

这城市太古老，历史玄秘
常璩《华阳国志》言，"其卦值坤，故多班彩文章。
其辰值未，故尚滋味。德在少昊，故好辛香。星应舆鬼，
故君子精敏，小人鬼黠。"李白说，"蚕丛及鱼凫，
开国何茫然。"今我在此，算是异乡客
熟知茶花与银杏，绿茶和街道
有几次路过支矶石街，无端景仰严君平
去武侯祠，喟叹诸葛武侯
时也命也。三星堆，金沙遗址，古蜀实在是一个巨大的谜语
就像人类的往生
更像未来。此时我在的成都
益州，盛世之下的烟火，麻辣烫
美蛙鱼头、厕所串串，青梅酒可以喝它半斤
只是无辣不欢
地域和气候，是清空和再造
我的北方已经消耗殆尽。从北较场到红星路
无常才是命运，沿途的人，不论同行还是陌生人
都于我有恩。人生一世
益州此地，显然已不疲敝

蹲坐或躺卧一隅,夜雨如针,唯有紫薇和黄菊花
高挑、和美,无端牵动内心

夜晚即兴

华灯向内,加深一个人的黑
繁闹之城市几人醉酒?不开车回家的
请注意走失、昏睡,也请将你的内心
和钱包一起看紧。我在楼上
看到那么多奔忙
欲望覆盖大地,谁将待我如坤包口红?
人人喊累!低头看看掌纹。孤单者心有大雪
暖阳必须是另外一个人
我长时间欠缺啊,原本可以采暖的肉身
在生的另一面
亲爱的,我想是你的内衣
咳,深夜总是让河水以人声为安慰
我在楼上,于此刻向远处鞠躬
用尽全人类的虔诚和卑微

初春的树

真的被放逐了,在城市之外
它们简朴,身披灰土
鸟儿和近处的楼群
杂草还没有醒来,花苞最先到达的那一批
是海棠、蜡梅,玉兰花毛茸茸的
好像昨日之心,湿润、率真,也极注重身份
绿叶又换了一茬,旧的好像很情愿
我在其中,脚步拖着肉身
肉身捧着灵魂
日光被割裂之后,枇杷树开始呻吟
穿过去,有一对上年纪的老人
他们的姿势好像前一个世纪
我笑笑,抱住一棵树。它的体内有大海
以及亡灵的消息

一个人的傍晚

从六楼看下去,人不多
孤独却成群。那个在街边小憩的环卫
他代表整个春天的冷和暖
楼上的悠闲者,喝冰糖梨汁
感觉是十足的剥削阶级
恶当然有,但距离万恶
还有一汤勺的距离。我吃酸汤肥牛
味道实在不好,菜量少,以至于我觉得整个人类
都很刻薄。然后想哭
第一次觉得心疼,就是一群暴徒
肝肠寸断,似乎是一群毒蛇
同时咬。我觉得那一种毒
比窗外的灯火还要激烈。我想我该回家了
从六楼向下,从这里到那里
世界如此庞杂,天空怎么不和我说一句话?

众人中独饮茶

众人中我最少。一个人置身
陌生者中,茶水就是唯一的亲人
这些天成都日光勤劳
坐在下面,抽烟已经不是生理依赖
而是安心的良药
茶叶肯定是去年的
那时候,不管出不出太阳
我一切都好。在这座他们的城市
有两三个人,灵魂从不奢侈
心也只要如此:河水绕城还是回到
花朵遍地而玉兰最好
而今我只能:在空地的众人中和手机聊聊
于茶水中,用香烟把自己照耀
如同我此刻写诗
也想出声,却只见:邻座的男人目不转睛
对面的女子娴静,草地上的孩子,向虚空喊叫

黑夜的美人蕉

美人蕉停在黑夜的耳朵
风从侧面说出：你的命运显然有意为之
做这件事的，他还没隐去名讳
在世俗中他也如此，特别对于心爱之人
此前十八年，他以为一个人
再加一个人和他们的孩子
就是全人类。那时候他头发已经稀少
脸膛在沙漠发黑
那时候他不怎么用心
可人事很奇怪：越是用情
越容易招致憎恨。人和人误解最凶猛
厌倦亦然。这一个黑夜，他不知道如何渡过难关
他个人的艰困时刻
一个人转过身，再转回来
黑夜已经浸入他的灵魂了
桌子以远，玻璃挡风，美人蕉孤悬于外

一个人的下午

把自己照顾不好,别人会更痛恨
有些生不如死
活着还好。比如我临窗而坐
玻璃空旷得冷了,不妨弄几个盆景
再多一点日光,倘若对面楼上有人看到
在意你的,会笑笑
就像散开的兰草,浑身喊疼的仙人掌
其实我偏爱杜鹃和君子兰
其实我言不由衷。一个人的房间
牢笼已不足以形容
内心的困苦。一个下午即将过去
如果能够瞬间老去
世界,我会用灵魂向你示好
并且用皱纹,给你最贴切的呼喊与拥抱

写给大儿子杨锐

要去一个月,目的地是"无处安放"
你知道我是爱你的人,爸爸这个称谓可以忽略
十五年不是一闪而过
是我就着奶香咬你的小脚
含着你的手掌,在你的恼怒中呵呵大笑
有一次我把你举过头顶
你忽然撒尿。更多时候我看着你玩耍
调皮、爬树、打拳
我的儿子,你真的太好。直到有一天我不敢近身
用拍肩膀和打屁股,代替心里的日光与青草
你长大了,爸爸已经无关紧要
而我却总是想你抱抱。一个男人越来越老
另一个男人,他正在广场奔跑
你的内心满是星斗,那么多未知的照耀
可我还想像从前那样和你手拉手
一个男人总是自我抚摸
爸爸站在门边,梦想你看见
也像你小时候,抱抱我,再拍拍我的胸口
笑着说,爸爸,你咋像个孩子呢?尽管你现在还不算老

内心的寺庙

修建一座寺庙,自己当住持
种十棵树,有十万八千九十枚叶片
冬天长,夏天落
要一面山坡,水从天上下来
泥土越过磐石,满载祖先的骨头

晨晖中割草,午时骑马
和知了一起参禅:南无阿弥陀佛
燕子飞在牛背
母羊鼻子是白的
还要几个沙弥、僧舍斜在桃花林里

原来的比丘尼不多,背后有院落
一树海棠,梅花黄黄
时常有流浪者,及其远房亲戚
赤脚捉鱼,拿到庙里放生
我总是在傍晚,供养落日和群山的暮色

如此多年以后,人间依旧干硬与生涩

一个人所能做的
唯有三声鸟鸣、三滴露珠及其星光
趁风掀动眉毛之时
把寺庙,包括佛陀、钟声和香火
面带微笑,逐一收进灰烬的僧袍

在九寨

九寨原在世外,与通常的世俗
有着黄昏与星空,爱和不爱的距离
就像我,在诺日朗遭击打
孩子的白脚丫,多像两年前的身体
洁白、奶香。还很有脾气

于神仙池看水,朽木在仙境登峰造极
他们是一群沉沦的天使,从陆地到陆地
用一种蓝,一群涟漪及其绿色小口
把灵魂献祭。那些在岸边垂头的植物
如野棉花、狗尾巴草,红桦树上鸟声低迷

显然我无法形容,所有的譬喻被大地之美销毁
从瀑布到密林,事实上谁也找不回
羊蹄甲和她们的妹妹,青松与岩石的婚约
我只是一个看风景的过客
在九寨,一个人所能的只是赞叹
就像当天夜里,梦中的河山重度逼迫肉身

拜谒草堂并致杜甫

人再穷,也有欢愉之时
你这个瘦子,诗人的全部翎毛
宫殿天光横斜不一,围剿夕阳与荒草

骑毛驴或者搭人家的顺风船
一生如此,笔管一支,三两酒肉
就是最好的生活。祖上显赫,那也是空的
富贵只针对具体人
如今的草堂,犹如临水的当代

鲤鱼忙着被施舍,游客什么话都说
竹林倒是幽静,听风的只有蛐蛐和麻雀
艺术从来不够自觉,且擅长与时下苟且
黄鹂早就不算翠鸟了
南村顽童都跑成了废墟以上的空洞城郭

历史婉转,命运长袍自我撕破
噢,杜甫老哥,生太苦
心太大。胡子和皱纹满载家国

江山是别人的,唯有艺术钢嘴铁牙
最好的人为自己造像建塔
手持灵魂和骨骼
采集光照,用蜜汁疗伤,为众生揭开疮疤

肉身每天都在溃逃,时间喋喋不休
用快刀不断斩下,尽管它本就是一个哑巴
杜甫老哥,且饮三杯
夜雨剪春韭以后,明日隔山岳
茫茫尘世,我步你后尘
以繁华的落寞,孤独之冥冥暗色

丁酉元宵吃面偶记

想帮助很多亲友,再爱一个
好女人。如今我在成都。吃牛肉面容易
要想河北烙饼,却必须跑回去
一个人走得远一点,欲望比肉身长一千五百倍
生命本来奇迹,风暴焉能带来黄金

必须说:杨献平,你是一个贪婪的男人
虽然长得丑,但还有梦想
想想自己,唯独这点有些可怕,其他不值一提
忽然想起北京诗人臧棣
诗论写得好,人也不赖
也觉得他和我很近!一个人来到众生之间
本来就在超载,旁边和前后都有
因此必须感恩:平民的范畴从来不大
家国都被皇帝大臣搞成了春花
总要有人窃居高位,用不劳而获给历史一记重锤

我只想:在土地上安居乐业
每年有三十斤蜂蜜、几百斤大米,再加上面粉

蔬菜自己种,孩子自己养
不和任何人争,只愿敞开边疆
与人类同处一国,抱紧慈悲

酒后游览自贡灯会

酒越喝越孤独,一个人和几个人
朋友,美女,我确信我们是相爱的
并且舍掉肉身部分
据说年年灯会,自贡出盐
还有恐龙。美丽的都在黑夜
秘密揭开之后,世上自我蒙蔽的太多
光线再灿烂,你还是你
我还是我。身边那么多人,走得快的
不是被灯火吞噬
就是哈欠连连。为了此刻,我愿意慢
为了酒意,灵魂甘心趔趄
脚步也有些踉跄。此时草木尚在初春
寒意中规中矩,有人在灯光核心和虚空寒暄
我停步,有些眩晕
蓦然心神异样,感觉就像最好的那个人
远道而来,小脚踩动莲花
在一株玉兰树跟前,一手执水,一手扶着栏杆

燊海井

能够掘进的，肯定柔软
像昨晚，一个人对另一个人
除了爱意，仅剩下了臆想和欲言又止
早起参观燊海井。盐在川地滋养
并且千回百转，源远流长
其实，爱自己和爱众生，根本不是什么宏心大愿
只是本能，是一根根绳索不断向下的力度
一些气体向上的凌乱

向下是黑暗的，到处潜藏危险
活着雷同于流水和苔藓，谁都不易啊
从生到死，也由死到生。幽深的洞口表情沉闷
一些灰尘爬上楼墙，一些人在井边探身私语

想想就很伟大，先民以竹竿探路，用生锈的铁
从岩石及其内部，找出人命的味道
那是盐，还有泥土，水与大地的骨髓
长期的囚禁未必寂寞，重见天日也未必幸福
步出燊海井的时候，抬头的绿树

暖风让她们血流疲惫,还有一些哀怨
而仰望的天空内心,云朵的体内,一定灌满春雷

阳台即景

世界骑车,人持续变淡
那在十六楼晾衣的人
轻佻的动作,撩拨春天的莽汉之心
银杏树叶子还绿
身子已经死了。因此我想起灵魂
不灭的事物往往高贵
这个上午街道忙乱,跑了的,来到的
其实互不相识。天下所有的好
如同茶水沾唇以后
舌头的苦涩、微甜,还有咽喉的些许不安

第三辑　挽留与回到

距离北京原来地理上比较近，而成年之后，我却一再走远。大多数时候去，办事。办完事就回。我很早就习惯了独来独往，这也是一种人生意象。纳博科夫说："人有三样东西是无法挽留的，时间、生命和爱。你想挽留却渐行渐远。"在诗歌当中，写北京的不多，只在鲁迅文学院的时候，写了一个系列。上一本诗集《命中》收录了一部分。而故乡，则是携带一生的文化、情感、印记、秉性、思维、习俗，如此等等。故乡是束缚，当然也是召唤，是逃离，也是皈依。许多年后，当我一次次回到，内心始终涌动着的，是无可奈何的老去和沧桑，是逐渐减少的熟人和逐渐多的陌生人。大地和人间的本质，或许就是不断地推陈出新。具体到诗歌，当然也是如此。文学也是一种递进的"科学工程"，它根基深厚而又曲折绵长，前面虽然扑朔迷离，但建立在由来已久文学正道之上的写作，必定会在时间中大放异彩。

京都记

旅程不完美,幸有你在
灯下或者街上,这是一个移动的年代
我们携带各自的灰尘
一场电影以后,枯树上的落日
流云佯作悲伤的初衷
只是让我就着:傍晚的横切面
众生隐遁的背影,从一扇门进入以后
世界顿时空了。尽管还在夜晚,唇边的料理
似乎万千子民,并且携带
向上的鱼群,暖手的闪电
我从左边放开自己
看到整个后半生,有些花色的墙饰
端坐的他人。而你唇边
白色的牙齿
我想这就是生活了,一如你自顾自的手指
和酒杯的距离

傍晚一瞬

要给一支车前草,用红围巾,侧身染一幕
过度仓皇的日落时分;用石头的外衣
抵达大地的愤怒。其实是丘陵
高山之上的雪和朝霞
其实是在路边,荒芜的良心
用风撩草的方式……悲叹的溪水,载着苔藓
泥沙的碎骨。越来越少的亲人
在荒野的路径、溪水、杂草之旷野
此一瞬间,我也在老去,就像秋天开裂的对岸

突然间泪流满面

想哭就哭。多年前，我已经不具备了
醒来的窗外，一栋楼再向前，百米之外的人间
几个人在车流之间。这情景像极了人生
我们都在危险的边缘
生死未卜。也都在用肉身
收敛尘土及其粘合力。幸好天空的方向是敞开的
可哪里才算到达？
这是下午，霾重，心紧
我一时茫然，躺在床上
突然间泪流满面

高铁途中

高铁总让我看到坟墓
一闪而过。这像极了所有的生
和死。随后的田野栽种松柏
楠木和柑橘。城市在灰烬中鞍马劳顿
河流紧咬嘴唇。唯有山川不动
当黑暗突然袭身
隧道大都不长,但有恶风
穿过之后,枯枝横斜,灰雀登临夕阳

春节

实际上在庆祝：肉身的螺纹
生命的城堞。用一杯酒，解决过往的不快
人生至此，我们爱的越来越少
慈悲却成倍增长。这世界缩小至一间茅屋
即便现在的乡村，也陈列水泥钢筋
每个人的内心
只是固定的那几个
爱与恨。血缘收缩也延展
尽管有时候堵塞、淤积、崩断
可那一只螺丝始终贯穿
这是除夕，鞭炮敲打的
粗糙的饭菜，唉，尽量给她最好的
可惜，我已经不能喝酒了
茶水里的泪痕，花朵荡漾
福字上满布星辰。当我起身，又一个春节过去了
春天的院落里，日光洗地，灰尘起飞

邂逅两只山羊

我曾统治过你们的祖先,那时候它是我的人民
也在这太行山一隅。我知道哪里的草
最好,哪里有水
哪里最适合安营扎寨
可我从没想过屠杀
我只是带着你们,或者被你们挟持
互相嫉恨又团结平安
母羊分娩,她会吃掉胞衣,放出新的咩咩之声
作为你们的异类,那时候我还小
那时候我不吃羊肉
现在大快朵颐。离乡远行以后,我极少再看到
羊儿们,哎呀,这个下雪天
还是太行山上,忽然与你们相见
忍不住泪水斑斓

冀南平原

一个人可以走很远的,包括他父亲的眼泪
家族的血浆。一个人应当把自己放平
像太行山以东的台地,那是流寇与王朝的白玉阶梯
流水潜入黑夜:那茫茫的脉络之间
玉米用镰刀榨汁,为火焰止咳
麦子含雪,灵魂的高粱大豆,运载帝王将相
和平民的夜色。于今,我也只是其中一个
正如南去的高铁之上,人类和万物同时一闪而过

感谢

以粗砂之肉身，裂谷之人生
以刀锋之梦想，云朵之命运
以月亮之阴柔，积雪之决心
以岩石之棱角，流水之蜿蜒
以少女之单纯，中年之楚歌
每一天的粟米，蔬菜和无数添加剂
调味品。还有我自己
越发薄脆的灵魂，就像一棵白菜
至今还不算腐坏

写给一个中年男人

不再年轻。这是一个实时性问题
更重要的则为:一匹识途的老马丢不下缰绳
在内心设置的马厩
喂食的主人,在某个上午无条件逃窜
只将一把空荡
灰尘和干草,交给十公里以外的火柴
而他已经不再年轻了
像一根木头,不知何时会被雷击
不明就里地被伐倒
他惊恐,时常在黎明的冻水边
和卵石对视,然后背转身子
这个不断磨损的人啊
像一把刀,时常拍打,铁锈般的世事

在成都

哪有什么福地？人所选择的
不过是命运。庞大的东西素来懒于着墨
我说给自己最好的一句话是：除了你自己
再没有什么是你的
这还不算悲哀。更大的不幸是
美好的总是一闪而过，如
黑夜中骄横而伟大的闪电
暴雨中前行的清洁工
拾荒者。即使坐在蝉鸣之下的外乡流浪人
我爱你们
很多时候我去文殊院、大慈寺
拜谒，每一次都企图往内心装载一些敬畏
一些福祉。在某个茶馆
或者街边坐下来，绿茶起初很喜爱
现在只能喝点红茶
由此可见，肉身的寄居其实也有着千般苦难
说出和不说出
效果都一样，且充满笑声和遗憾

一场大雨之后

连续的自暴自弃结束了,并没有解决你我
两个蚂蚁之间的住房问题
也没有到达
一头牦牛或者山羊讨论的
石头与青草碰撞以后的喧哗与孤独

别离之书

梦里的小蚯蚓
白玉台阶以上的龙凤,生活远非雕刻
亦非石头捧着的花朵
从一开始的预言
出自你我,当然还有:我们路上的水坑
悬崖边缘的青蛇
猴子去了海边,蚂蚁跟丢了蝴蝶

秋天记

想起灰骡子,挂在树杈上的黑布
想起乌鸦,迁徙路上
惊醒我前世的妹妹。想起木质车轮下的黄土
风从岩石缝隙找到绝世之美
那是秋花荒草啊!想起镰刀放倒的庄稼
北方的谷子,用野火到南方省亲
想起碰撞额头的黄叶,就要去祭奠
逝去的亲人了。想起每顿饭的菜叶和粟米
哎呀,苍天大地,你们的恩赐
其实无法感激。想起这快要到底的年岁
生而有幸,可恋者几多?
想起万里河山,鹰隼正在灭绝
大水凉了,乡村的锅底却还温热
想起这繁华的街道,他们这么热闹
而世界,和人类的期许,却还是铜锁状的哑谜

第四辑　瞬间之诗

　　诗歌在很多时候只是一个瞬间，或者说瞬间的爆发与完成。相对于小说，诗歌更倾向于电光石火与信手拈来，有着强烈的及时性和爆发力，宛若神谕。很多年来，对于大众一致叫好的诗歌，我一直保持警惕。诗歌应当有其神性，也要具备烟火味道与肉身的温度。或者说，诗歌就是这两者之间的一种"混合"。文学艺术，本质上是一种经验的复述，想象力的迂回与调和。在很多时候，我不信任经验，反而信任构成经验的那些事实及其碎片，它们反而在诗歌中是强有力的。博尔赫斯说："人的记忆并不是一种加法，它是意义不明确的各种可能性的混合。"以下的诗歌，即兴、断片的意味浓郁，但可能更接近本我，尤其是在我在某一时刻的真实的自己。

千里光

黄得纤巧、刚劲,在赤水河畔
顾盼危崖之上,姿色发脆,令人心颤
替她捏把汗
哎呀,赶紧喝杯酒
才胆大如毛驴。凡是美好的事物
都叫人心生慈悲
甚至奋不顾身,就像此刻,我突然想一脚踏空
如一丝白雾挂在花瓣
如一枚蝴蝶标本

海棠花苞

其实是第二次,在路上遇见
太小的,总是被忽略。而那一刹那
震动的火焰。羞涩、慌乱,但清洁若春露
在雾霾之冬,宛若我爱
又无法得到的。宛若沉沉人世之突破蒙蔽的
一束光亮。照彻我
我为之惊颤。然后深深叹息
当我再次经过,她的开放与败落肯定不被我看见

别人的故事

悲剧,最好的打开方式是
从喜悦入眼。戏剧,则相反
看和听,都是别人的。波澜不惊者
我许你三亩桑田
跟着悲喜的,我要和你坐在大河左岸
在别人的故事里
我们看的,不只是另一个自己
想到的,或许是这茫茫尘世之间
怎么会有那么多喜乐忧患
别人的故事如针尖,也像麦芒
像悬崖上的蜂蜜,也如同我们灵魂中的黑夜白天

元宵节有感

再好的事情,也不过海棠盛开
还没有蜜蜂的时候
那种安静,蜜汁般黏稠
青草寡居久了
渐次入夜的华灯,他们在燃放
礼花葱茏。最灿烂的事情,都在黑夜发生
车多人少的大街
多么寂静啊,像热闹霎时间被沉默惊醒
而黎明毁灭的,不仅有幻想
还有烟火、天堂、水边的泥沙
两岸的咳嗽声,早春的成都
充满欢快的情欲和虫鸣

过几天我要送出玫瑰

99朵？事实我一无所知
对于爱情，这在骨头上
镌刻花朵的举动
我累了。多年前我那么信她
恨不得将钉子输送给心脏，把太阳私藏进胸膛
万般世事之间
你我不过一种
99朵，我不知她们从何而来
玫瑰是有方向的
并且只能是：我所要到达的
尽管我隐约觉得：那么些小刺
不一定能找到你心尖尖上，最慈悲的那一支痛觉

孤独者

给他!或者她。我们都是的
岩石背后的积雪,春风再狠也伤不到
幽井里鱼群,日光再好,也与鳞片无关
给他们:温度正好的开水,善意的刀具
爱的媚眼。最重要的
是慈悲
和红色的灰尘。这人间太多的道理如流水
谁在进入我们内心?
孤独者,自己的灯盏灰暗
即使置身人群,那种冷,像刀刮
世界请你小声点,请你将太阳移近一些
将手指用炉火烧热
为孤独者设计一道门
蜜蜂和蝉鸣,必须适可而止

谈论

爱和不爱，牵扯神经的俊美金钩
人生不过如此。要在去年，我不会如此消极
所有的无动于衷，源于痛觉
和善的被摧毁。在人世，我们所要做的
唯一的方向，就是爱和爱下去
如淤积大地的泥沙
向下，如风中的鸟鸣
直入山体。如我对面的你
眼眉如月，临近的池塘，蝌蚪胡乱摆动
这也是美的
即便"独有盈觞泪，与子结绸缪"
也要斜依门扉，看咫尺之外
芦花飞舞，霜雪封心之后，料想火焰转回
——你说旷达，其实是冰下之水
远方的雁阵拖儿带孙
一代人必有一代人的伤悲
这是使命，你我都在遵循

两个人的事业

肯定是合作
先不谈爱
你睡下的一侧,黑夜外层的灯火
飞驰的车辆提醒我们,此外的人类和世界
有着怎样的景色。那些相识而又陌生的他们
此时此刻在做什么
爱恨情仇,烦恼或者愉悦
是不是也有人像你我:隔着客厅
发财树的叶子话语不多,兰草在安静处背诵
爱与欲的躁动与缄默
是不是也像我,睡下之后
渴望用梦的手指,引你春花怒放
临水而歌,在我内心建筑
此生的宫殿
手拉手肩并肩,进行两个人一生的事业

去医院

孕妇无疑最美,老太太搀着
他们一辈子,老头推着自己的另一生
更多的中年人
还有小青年,男孩女孩
穿长裙的很美,学生装得一脸无所谓
我在其中。某个患者忽然蹲下
呕吐、叫疼、打滚。他的亲人拍他的后背
护士推着的
管子插满全身。我急忙让开
佯装无表情看他们。站在二楼栏杆前
哦,怎么那么多人
疾病发自肉身,肉身承继父母
而父母祖上,天地的恩赐
冥冥中的塑造和给予。深广的医院医生为神
众多的疾病求医问诊
医生只能给出意见,生命的损毁
败坏,就此告辞,谁能说得准?
哦,亲爱的同类,每去一次医院我都格外悲悯
嘱咐护士,抽血尽量多抽点,打针要打得深

清明祭奠父亲

未能近前，跪下来
只为这沉沉原罪。我知道你已经沉睡
或者转世成为另一个人
为什么会有生死
我的父亲。你紧靠爷爷奶奶
你的生身父母，作为你的儿子
这些年我一直惭愧
我们都是农民，人世间的富贵
多半累赘。在大地表层
我们才觉得安稳。亲人之间
哪怕拌嘴、闹点矛盾，也美好绝伦
去年此时我曾回到
春日繁华，阳光可能摸到你的嘴唇
或许你已经是白骨一堆
仍保持生前的卑微。香烛纸钱被火焰侵吞
黑色的灰烬蝴蝶纷飞
我仍旧没有哭出声，只觉得喉头和内心
茅草遍布，痛楚一年比一年加深
像我和所有人类

近日做与思

为一扇门涂润滑油
免得他每天疼叫。为一个人做早餐
因为爱得太狠
拿出一沓子人民币
给拒收的母亲。轻拍儿子后背
做父亲的，历来悲摧
路遇环卫工人的时候，想买更多的早餐
送给天下穷人。把一瓶水，倒在哑巴花下
胃胀，喝点热奶
抽烟的时候，看看天空
太深邃的地方，总是令人眩晕
街上飘移着的，太多漂亮的女人
她们也一定结婚，会生男孩
女孩肯定和她一样美
只是这世上最好的，往往与自己风吹阑干

给婉豫

真的蹊跷,世事原本无常。这莫名的黑
来自另一个人
如含毒的石头,要进入心脏
我曾在很多人之间
号叫如狼。如蝎子般横行在岩石之上
以为前方早就没了月光
野花也嫁给了悲凉。荆棘的山冈
站着这一生的清水与干粮
好在还有狐狸,以及它们的生活疆场
而你,电火的模样
令我猝不及防。美好的事情从来不设围墙
原以为我不将回返
西北的故乡。原以为风中没了树冠的摇晃
你妖娆、善良
亲爱的,我想,在无尽的你内外
如春天的蜜蜂和喜鹊,如这一生现实的渣滓
烟火的味道,黄金与清水的反光

第五辑　爱与慈悲

老子说："执大象，天下往。往而不害，安平太。乐与饵，过客止，道之出口，淡乎其无味，视之不足见，听之不足闻，用之不足既。"夫人生而有命，唯心论在一定程度上正确得无可辩驳。许多年来，我才认识了《道德经》。年轻时候阅读，不知所云。经历了一些挫折和生死考验之后，再读，字字珠玑，每一字第一句都会令人豁然洞然。我常说，一个诗人，真正懂得了《道德经》，写自然山水诗歌，得心应手，凡物皆可成诗。以下的这些诗歌，其实也是一种心境和状态。中年再婚再得子，自我的潜意识里，也觉得此前之事，虚无不存了。也从这个时候开始，看世界的态度发生了变化，即，万物的本质是相持守恒，凡是已经发生了的，都是机缘巧合，也都遵循了事物的内心律令与规则。坚信慈悲的力量，总以为爱只是情绪。也相信，凡是不给出解决之道的愤怒，无论多么正义，其功效只能是在煽动仇恨。人和人，人和物之间，最需要的是爱和慈悲。

从窗户向外看

从窗户向外看,世界本不圆满
蜜蜂困厄于花心
鸟雀迷茫于天空的栅网
我知道那些车子,以及它们主人的不安
这年代骑驴
好过赛马。手捧一堆灰尘,好过巨大的油烟
心纳山水,神在云端
这是最好的事情了。从窗户向外看
无风的城市,人类原来如此凌乱

献给我们即将到来的宝贝

关于幸福、美好、仁慈、理想、伟大
创造、成就、利人、惠众等等
……其实我说了不算,只是心里有中国的稻米、麦子
和山河。大地之溪水
冬树的冷意,当然还有旧了的房子,荒草的坟茔
一个个的人和他们的子孙
那地方叫南沟,或者安子沟
我的生身之地,由我向上追溯
无论是谁:战乱,饿死、阵亡者的白骨
我们承继着
他们的血脉和灵魂。如今我只身在外
这是我的命运,当然也包括你
亲亲宝贝,我们生下你,是要另一个自己
多年后,用来代替掉我们
在这世上活着
我们爱你,还有你的哥哥
我只想看着你
慢慢长大,自己变老,就像我们的列祖列宗
当然也包括这世上所有人

努力爱更多的人

相信大多数人无视
因为太多了,这是残酷的
众多的蚂蚁在泥土上奔行
被洪水卷进历史的内轮
我们都不过如此:相互取暖
又相互敌意。我不能说自己饱经沧桑
但世事还是明了一些的
因此,我想对你说:切勿用春光的照耀
猜度人心。也不需要采取封闭的姿势
警戒爱你的人
只是太少了。我时常在一些时候
忧虑。对一个人,血缘里的疼痛与慈悲
这世界太过芸芸
可最爱我们的,我们自己之外
尽管屈指可数,但我们还要自发地
尽力去爱,爱得多一点
不叫自己羞愧、懊悔,还可以更宽仁

清明

想自己的父亲,心疼如尖利的缝衣针
从日光下,到地下
但我相信灵魂,他就在我的额头
父亲:十多年的荒草
是雨水和太阳,风和大雪
给你的滋润。我只是你尚还在世的儿子
只是这世上众生之一
那么多的道路,我走了很久
那些羁绊和创伤,我已经学会了包扎
和抚平。这又是一个清明
死去的人安享寂静,活着的人喧嚣而卑微
父亲,今年我不能回去
给您上坟了。我要说的是:时间它如屠刀
而我只想,把祖宗和您的血脉
在这个世界上,尽量流传得像犁铧一样深

爱一个人要爱品性和内心

仇恨可以放下，厌弃可以隐退
相信爱，和慈悲；相信时间
相信鸟鸣的天启
相信虎吼的灵性，雷霆的罪与罚
相信孤独，但始终保有一副热肠
相信一切终将逝去
相信万物都对自己有恩
相信活着的尊严，为互助加冕
相信理解和悲悯
相信与人为善，相信生不止息
爱不停歇，相信每一个人
相信灰烬之美

最好的孩子

生来会笑，似乎有些狡黠
我看，也笑。我确信是最美的词语
和回报。一个人和另一个人
爱、情，还有性
人类才郁郁葱葱
我叫你可可，还有灼灼
我和你母亲，由此觉得了人间的美好
尽管：成都的天空，阴的时候多
地球之上的生活
风雪不期，无常但有情义
世界亦大致如此。好在我们此前茫茫
互不相识，好在我们此刻相聚
而且以父子的名义

向晚时刻

陨落或者堕落
本质上没有区别。转身之后的环卫工人
穿僧袍的年轻佛陀
洞晓的老者就着落日之火
最后一支香烟
这世间,万物都在自发性烧毁

向晚时刻,远方山巅之月
才是良心居所。河边的花朵
和树木,不过另一种安歇
人所在之处,风穿过我们的生活
贫穷或者富有
都不过一张纸帖
黎明时的书写,依旧蘸着旧了的黑墨

我只是其中之一
中年的胡须,其实不如白雪
灰尘凝结地活着
犹如这丝丝入扣的夜色

他们欢呼于灯火，鸟雀睡着的天幕
飞机带着消失与新生
犹如我在此刻，还能幸运地说
看啊，看啊，今日依旧，星辰闪烁

写给弟弟

血缘自不必说,更多的是
亲兄弟,这天底下只有你和我
同为一对父母所生。幼年时候
你打我一下,我推你一把
兄弟两个,从炕上
打到院子外面,还有平房顶上
有一次,春天的蜜蜂
不长眼睛,蜇了你的嘴唇
那时候槐花正白
日光持续火烧门梁。咱娘责怪我没带好你
再后来,我参军
你个子奇高,辍学、打工
挣了钱,有时候偷偷塞给我几百块
如此消耗的青春
用来娶妻生子,你第一个成家
然后是我:再没钱,我也要凑一些
不为你,为咱爹娘
如今你已经是四个孩子的爹了
我也是两个儿子的父亲

你小我五岁。两个中年男人
前些年没了父亲。每一次我都觉得心碎
人生人，人和人
如此的聚集，世上最亲
现在你开卡车，为的是一家老小
我在外乡。每次回去都是你开车接我
你说，为的是哥嫂回来
买台车，怎么着也方便一些
我们都是乡村里的人
都是爹娘的骨血，年少一如早春的山野
而今的秋色，岩石上的苔藓
正在增多。很多次我拍拍你的肩膀
你回过头来，咧嘴笑，看看我
这就是美好的了
尤其和咱娘在一起的时候
我的灵魂说她很快乐

无私的人

做一个无私的人,事实证明
你是错的。这个时代,或者某个单位
杨柳遇风之后
就成了木头;墙壁贴上海报
就是故事的上游
太耿直的人,昨天喝下一杯茶水
今天只好拈花苦笑
看起来寻常的,其实自带玄妙
叮当悦耳的,腰后插着一把钢刀
最好的事情是,人前人后都面带微笑
对面的,背后的,远处的
陌生和熟悉的,这个世界很好
苍蝇咬死了蚊子
青蛙欺负嫦娥,某个环卫工人被机动车撞倒了
两个美女背影太妖娆
那么多人,总是需要一顶草帽
走远路、夜半风雪
黎明时候的班车,雨中的疾病
想想这些,做一个无私的人,还是很重要

桃花

青天最懂人心,灵魂里的宫阙之物
花朵和春天
人和人,大致亦然
天下的事物,循着古老的律令
在应当的时候
毁灭般地,与时间皮开肉绽
如这桃花,在蜀地青白江
涅槃似的香味
攻击周遭的存在
我凑近一朵,再一朵之后
一只蜜蜂尾随而来
我疼痛,也觉得魅惑了
对面的女子和男人,相互的红晕与花冠
颤悠悠的情欲之上
被几瓣落花,绷断爱情的琴弦

年少的桃花

应当是很小，一个男孩子与野地
在春天的杂草之间
被桃花相遇。厚厚的黄泥
好像是春天的根基
裂开的空中，云朵垂下她们洁白的嫁衣
"那么好看的花儿，
一定藏有秘密，还有深不可测的心机。"
说这句话的表姐
木讷、羞怯，但总有惊人之语
我跟着她走下斜坡
摔了一个跟头，起身的瞬间
一瓣桃花
在我额头上掠走一滴鲜血
十多年后，桃花依旧，而表姐
却在另一个春天
香消玉殒，以至于我再见桃花，心里的阴冷
宛若黑色幕布
好在：桃花年年，我也年年老
总是在桃花里，有一张笑脸
花魂的蝉翼、悸动、美丽，且有着神秘的情义

芮灼满百天,只能是美好的祝愿

愿上苍、列祖列宗,给予你青草的蔓延
蚂蚁的意志
给予佛陀的灵魂,暗夜雷电的清醒
给予你世间的安稳
在我们身边的放松和舒心
给予你一生的笑意,与天地精神相往来的深阔与勇毅

回西北的人

回西北真好,瓜果甜至东海与昆仑
青天流云,勾连最深刻的历史
骑马的人,还在风中吹奏骨笛
遗失身体的军卒,戍边向来是一个勇谋兼具的苦差事
英雄自古悲哀。戈壁上的红狐
青羊,骆驼孤傲
黄叶和白草再度表达万物的悲悯
为光阴黄袍加身,而你们现在疏勒河畔
一个旧国的遗址
一些今人的烟火之地
只是入秋了,新疆白杨开始假装颓废
你带着我们的儿子
秋风所到之处,萧索的万物
在此刻的事物空前清醒
我深爱你们,现世的心和后世的灵魂

第六辑　从个人到大众

中年以后，特别享受独处。这是一种状态，也是心境。愿意一个人坐在很偏僻但极端安静的地方，喝茶，观天看地，与周边的狗尾巴草、玫瑰、野菊花、海棠、樱花，以及林中的鸟鸣和流水，互为知音，越发不愿置身人群。但喜欢某种纯粹的场合，如真诚的研讨与交流，最好是批评。艾略特说，"在一首诗写成之后，某种新东西产生了，那是以前出现过的任何东西都不能完全解释的东西。"而评论家以及作家诗人的同行应当清醒地介入进去，而不是在外围鼓掌叫好。以下的这些诗歌，大部分还是一种情绪，某一时刻的状态，温暖或者孤僻，带有普适性，也可能是另类的。我相信一点，所有的文学艺术作品，首先是个人化的，然后漫漶开来，向着更多人的经验与趣味，当然，如果能够上升为人类的普遍性的高度，那将是非常了不起的了。

独在红星路二段有感

人们骑自行车
步行,车子里的,一定在赶生活
做交易的,必定不会动真情
这世界抓耳挠腮
早已不成体统。对面的广告牌下
读报的男人,是一个流浪者
长期对纸面新闻情有独钟
铿锵走路的女子,内心和嘴唇比拼猩红
最好看的,两个老年人
相互搀扶着,他们看起来不怎么流畅的今生
比美女扭动的背影
生动。……我于红星路一处楼上
端坐,似乎一口锈迹斑斑的铜钟
飞机穿过乌云,肉身竟然也嗡嗡有声

午睡

常常惊醒,午睡是一场病
短暂、恍惚,水锈一般的不透明
前一天我忽然喊叫
"杀人的,其实是他自己的背影。"
昨天更有意味
一个女子,手拿圆形铁饼
说要把我的良心,砸出一个窟窿
今天很好,我躺下来
沙发咿呀叫疼。梦见一位骑马的女子
盔甲上长满青松
头顶一只燕子,或者老鹰
焦白的荒地,她舞动
无刃的黑色剑柄,一树黄叶摇头
疼叫出声,连累了正在打盹的两株银杏

愿望

当然更需要明月清风
带着晨起的露珠,惺忪的灵魂面孔
多么清醒,人之活着
浩大的工程。我在楼上听见车声
及其在当代的轰鸣。这一刻最需要
准备一杯清茶,一张白纸
好让步行的人们,踩下满世界的疼痛

昨日心情不好

好像被乌云
割了一刀。做人不能太好
为一伙和更多的人
只有天知道。这世界从没有公心
经常说的,往往最糟糕
失望的时候,肉身总是不适
我步行,上地铁,诸多回家的
赶饭局的,偷情的,抑或向远方的
脸上的生活都不甚了了
那么多的深坑和弯刀
只是相互不知道。乘电梯出站
天地黑得连自己都丢了
我想笑笑,就像那只瞬间躲开车轮的小鸟

越来越旧

洗脸、刷牙,照镜子,如此旧一次
吃早饭,穿衣出门
再旧一次。办公室熟人
领导或下级,几个眼神
继续旧。如此一天,日光昏乱
星辰不见
回家、吃饭,旧啊
直到洗漱,睡下,这么旧
自己嫌弃自己,或者旁边的人也这么嘟囔一句

关于爱情

三十岁之前,爱情是旗杆上的花朵
三十五岁以后,风中危卵
捡拾的人,面孔惨淡
继续的,手拿锁链,无形的
枷锁,喜欢和不喜欢
都如此这般。三十岁以前,我爱雨中的玫瑰
和她们向内的塌陷。三十五岁,这一根铁杠杆
爱情偶尔落下
指爪冰冷,背过身的人
他们内心的院落,再也无法芳草苍苍落飞莺

端坐在茶水中

热衷于倾诉的人
是有罪的
这世界硬得心疼。此刻我坐在茶水中
成都之冬,日光的睫毛
缺少必要的情趣
唯有自己,周遭的声音敲着
住满人的墙壁。旁边的几个男女
嘴巴和心里,肯定无视
我和他们之外的东西。这天下的最好的事情就是
我在看,万物却对我无动于衷
我在想,就着虚无的尘埃
连你也不惊动

阴雨天

需要一把雨伞,遮住全人类的那种
街边蜷缩的流浪汉
雨水打湿裙角的女子
抬头看到的,乌云上下,雨滴秘密汇集
这一群美貌之物
童话的体积,如神仙的姿势
它们下落,敲打额头,楼宇似乎这人世间
厚厚的毛发,奔驰的车子,没有人掩面
屏幕上的事物,时代的内容
巧于变幻。就像我躲在雨滴之间
顿觉此刻真好,一个人,可以神情诡秘,心事旷远
省得被同类看见

所爱即所伤

我们所爱的,多数用来自伤
它们充沛,甚至很乖
平面化、打蜡,还要栽种鲜花
但凡入心的
必定早有亏欠
爱得越深,倒刺越长
锋利,根根见血,还提着微笑的月光
就像我爱的
器皿,风中的哨音
新皮鞋的舒适,一场雪的冷静之美
还有我生的,亲近的
他们总以为我隐忍
坚不可摧。其实我也只是一个人
有心,最怕的是:树干做成犁铧和镰刀
割掉树根。血流出来,还对身体充满仇恨

和婉豫在岷江边喝茶

三棵玉兰树,其实还是一棵
在岷江边喝茶,榕树是最好的冠冕
生活在大地上多么有福
坐在我对面的,被我看见的
不论远近,最好的兄弟姐妹
流水和车辆带走
诸多的我们,如同青草吞没零散的烟蒂
河流终究成海
沙子和浮木,被日光收作故人的良心

写给父亲

住在我内心的那个人
现在泥土以下,看着还在地面上的我
他的一干子孙,万众本来慈悲
草木围护的茔垒,星空下垂
人间的流风,炊烟和谷米
幽邃的轮回啊,我爱着你啊我的至亲
只要人类还有灵魂

结婚

明知道重复无尽,还要前赴后继
人生就是一个人这样了
另一个紧紧跟上。从祖先到子孙
男和女。这一天的婚礼上
一个父亲把女儿交出去
另一个母亲庆幸,儿子终于有了新娘
旁观的人跟着喧闹,好像从没经历过
看这一对男女,又步前人后尘
我在旁边略有感动
人间的事,就是人和人
人生人,人爱人,尽管也有仇恨
悲哀与误解,甚至杀戮
摧毁。可我们是人,就像江中鱼群
天空星辰,就像此刻的我
和妻子,再一次把对方抱紧
用一瞬间的心有灵犀
相信此生,一定会并肩直到香消玉殒

最好的人

我以为最好的人,在唐朝骑马
走边关。在宋朝从政,元朝放牧
清朝是一道山口
风吹蘑菇,流水四季躲在岩石之下
最好的人喜欢独坐
竹林里无肉,荒草和败花
热爱冻僵的乌鸦。雪中的喜鹊
登临天庭的红枝杈
替神仙向人间发话:最好的人此生磨难
怀才不遇,急公好义的心,总是伤痕累累

聚会

把杯子伸过去,对面有回声
酒、茶、汤,所有这些,不是我舍得
是大地本身慷慨
人所消耗的皆是单面
我所能回报的,却不会这么简单
你看着我,像另一个自己
我看你,却总是找不到自己
这种悖论,令人眩晕,一次聚会之后
还没走出多远
夜风吹来,那么多的脸
拐角处的路灯,被树叶摇得凌乱

陪母亲看病

人老了,痛恙如影随形
其实是一生。疾病是肉身的敌人
情绪和精神的专宠
这一辈子,谁也不可能活着回去
我认识的周医生
骨科主任。他说:"上了年纪,人都这样。
皇帝也有这样那样的痛,
神仙可能有病。"我在旁边点头
母亲的头发开始稀疏
霜白是万物之惨烈宿命。我一声叹息
内心的裂帛,撕扯灵魂的幕影

第七辑　当下即未来

　　罗兰·巴特说："艺术家的三种美德：警觉、智慧，以及最为诡谲的不稳定性。"行走在大地山川之上，诗歌才会心领神会，不期而至。这是我多年的一个经验。也或许，诗歌的根本触发点，就在自然之中。城市是诗歌另一种牢笼及其变异物。我并不反对任何形式的文明及其成果。这是一种必然，人的必然，物的必然，也是自然、宇宙的必然。在大地上行走，人才能与天地万物进行直接而隐秘的沟通，也或许，人的每一根毛发都来自自然乃至整个大的宇宙，并能够迅速地感应到周遭一切事物和它们的关系。或许，这个说法有点"去人类中心化"的嫌疑。

　　无论哪种文学体裁的写作，我觉得可读性和感染力应当首先考虑。对我来说，诗歌是无意中的行为，除了起初的时候用力一些之外，后来的诗歌写作我都是随意为之的。不觉得写诗会如何。因为诗歌和其他体裁的写作，最好的状态是"无心生大用，有物不通神"。

深入唐家河

说一些内心话吧。这年代左右为难
唐家河猴子悠闲,在春日中翻身
打闹。领头的坐在路墩上
我笑笑,看着一河的巨石,这多像我们面对的现实生活
那些水珠圆玉润
可也要不断粉碎。陡峭山坡上的紫荆
香味那么认真,可周边都是异类
身边的手心,微凉如水。在唐家河,我想用青草的天空
扭角羚的悬崖,还有那些要命的花香
把自己种进你的骨头和内心

五月十七日傍晚速写

雨在剥开自己,风从蓝花楹侧面
数人心的珠串。看到一路下跌的路灯
提示我在红星路二段 85 号
这一天突然暗淡,对面的榕树招致刀斧修剪
绿叶断枝,本来泥泞的人生
人间的命运大致如此这般。这令我心乱
一本书突然跳下,茶水被打翻
我枯坐如荒船,内心的白蚁
围攻云下的青川,人间所有的傍晚
都心存悲悯,世上所有的误解
刀子和弓弦,而一个人只能紧抓湿了的生铁栏杆

记梦

大致是溪谷,宽阔、纵深,两山之间
似乎没有草木。和我同行的人
女、貌美。他者芸芸,如水流
但不沾泥带水。一处民宿木栏杆惨白
如冬月。同处一室以后
窗台的兰花以外,日光似乎醉酒般抚摸
大地焦躁。转身出门
回返,途中杀蛇人,眼神乖舛
两只玻璃杯里,白如奶,浆液使人口渴
要饮下时,你说,那是蛇的毒液
惊悚、梦醒。冷雨敲窗,市声杀伐而来

钱包又丢了

钱包又丢了！早晨变得不安
似乎与昨晚的梦境
藕断丝连。一个人总是跟着他人，无边的楼宇
商场，抑或长亭子的江边
人世间的别离，从不如露珠圆满
懊恼的人，回忆起连续两夜的酒
几张陌生的脸。银行卡、社保卡，还有母亲给
儿媳妇的一张存款条
大儿子的寸照。这个年代太容易丢失
身外之物，其实和生存血肉相连
我是一个极其怕麻烦的人，钱不重要
重要的是，人和人相互的内心

急就章

一根烟抽完,灵魂也没了
旧事是一些流水,在某个山间
四处都是夜的声音
群星掩盖山河,近处温软的体香
迷醉的窗外,总是有鸟眠,不经意的叫声
其实我自惭形秽
美好的人,而我不过一直群生的艾草
附近的迷迭香,不过梦境的奢望

溪水边

其实是两颗桃子,悬挂的清风
流水压低嗓音,矢车菊紧抓众草纠结的河岸
我惊动蝴蝶,她在爱情当中
琢磨巨石内部的雷霆
我摘下一颗,她红,美得椭圆
密不透风。最好的牙齿咬下去以后
这一天这一刻,一定汁液鲜浓

壬寅年初夏与芮灼在玉门

三个月了,我在成都,你和姥姥
姥爷,还有年过八十岁太奶
这世上的血缘,恰如玉门的好
王朝的旧事,与丝绸一起
消弭于隔世的驼铃。我们都是这一时空的人
只是以父子相称
相对于生命之浩茫
看不见的未来。我只想在疏勒河畔
牵你的小手,在落日之下
周游杏子、苹果梨,苜蓿和小榆树
人工灌溉水渠组成的星球
其实是一片绿地,更广大的存在
只属于荒芜的祁连以南
狐狸夜半入城,星辰垂下金黄色的眼睫毛

小果海棠

终于确认。最好的人一定多面
尤其在另一个人看来
小果一定青涩,还有些固执
她们以为世界也如它们
单纯、脆弱、有刺。所谓的饱满多汁
妖娆妩媚,一定是年老以后的事
对此我觉得心疼,世上最惹人爱怜的都善于隐身
热衷于沉默
我喊出:喂,小果海棠
正午日光如此稠密,黄鹂也在歇息
而你如此高挑、充满意义
红、黄,清脆得让人心疼

九死一生

好像持续四年。人生险要,甚至绝命
蚊子吮咬他者以后
肯定九死一生。这全是人的世界
当手指因为日光结冰
内心被宽容行凶。我只能扑倒于濒死的
万念俱空。随后的黑
压得灵魂疼痛。倏然醒来的白炽灯
这还是人间,窗外的蜘蛛手舞足蹈
为我庆幸。确实是抑郁症
其根源,蚂蚁骑着大象
快马于乱石之中,提着鲜血的灯笼
数年后我原本忘了
却又被唤醒。此时寂静的房间
空调呜呜而鸣。那个在湖边独行的暗影
他在倾听,深水之中,传来神的咳嗽声

早晨的地铁上

有时候张望,低头为了躲闪
冲突啊。人在这个年代,自带孤独与阴影
大多数耍手机
假寐的,带着前一晚的昏睡
我尽量不看。屏幕使得年代深陷
人和人挤在某一处
貌似向前,而倒退的黑暗
悠长而危险。置身其中,我有些安静
而内心的波澜,一直在拆卸道德的围栏
有人上下,就像众生
先期到达的,可能还会再见
诸多离我而去的,可能还没有走太远

酷热之成都

"有多幸运,就有多痛苦!"
每一代人,都逃不过这一个律令
2022年的世界,似乎炉膛里的生铁
烈焰来自外太空,地心也在焦灼
一个人大汗淋漓无可逃脱
一群人烧灼,苟延残喘
天地万物,其中的人类
肉身被炙烤以后,灵魂焦煳
呻吟的知了仿佛在说:绝望密不透风
苦难从来如影随形,请善待事不关己的雪山与荒漠
请珍惜每一天风吹的树叶与蜻蜓

突然的桂花香

细雨也没能挡住,那气息,类似袭击
夜间的散步,砖块和水泥之下
大地如此厚实,如同植物的根系
其实,越是向下,越是馥郁
最下层的灵魂,曾经的人,及其骨殖
总是在滋养万物
包括人类自己。这一阵突然的芳香
我惊喜而又迟疑
忍不住抬头喃喃自语:桂花又开了
这一年也行将过去,随之而来的明月
必将如蜜汁,必将如水上的涟漪
在这斑驳的人间盆地

一个和一个

要体贴,深入的,如蝎子和它的尾针
要适可而止,黑暗本是一种光
要简单,如蜻蜓在荷叶
和三角梅之上。要我这样,一朵云之中的闪电
一棵树不分雌雄
要登峰造极,就像你的每个清晨和黄昏
就像此刻此时,天一个,地一个
你一个,我一个,夜莺在玫瑰丛中
鸣叫、做窝,带着月色之静谧,江河之急湍

再过西安有所思

这是一面盆地,适合建都城
郊外是平民的住地,大地的伦理,从来内外有别
穷富有序。如秦岭和终南山。分天下
天下分。修道成仙的,要么真的
羽化,要么沉到土里去
就像曾经的王朝,和它们的主人
开始鳞次栉比,张灯结彩
霓裳云衣,可最多不过三百年
指缝的熊熊灰烬,席卷山河地理,唯有民间的烟囱
乌鸦白雪的暮晚
群草辛勤结籽,玉米倒伏之后
蝗虫逃离,麻雀召集谷仓,苹果午夜落地

2020 年诗总结

于个人而言：灰雀落地
为了生，和人类形同
我之幸运，是 2020 年的爱情
又一个儿子出生
云雀的鸣声，萦绕一家人的内心与高空
人间最好的事情，莫过于健康
五洋捉鳖，九天揽月，我早就摈弃了英雄的大梦
从春天开始
风筝好像这时代的妖精
夏天回南太行，埋下了儿子的胎衣
生而有灵，每一个人都有自己的祖宗
常在的成都，人和人，炎热的诸多病症
其实都很庸俗，还带着狡黠的星空

剑门关怀李白

我先后两次去到,背诵"剑阁峥嵘而崔嵬,
一夫当关,万夫莫开。所守或匪亲,化为狼与豺"。
这一位才子,令我鼻子发酸
眼泪打转。一个人之于山河
强行命名的快感。反之,则是救赎
剑门于我眼中,只是一首诗,诸葛武侯
邓艾、姜维,落在其中的醒目标点
站在鸟道之上,俯瞰这苍翠的大地人间
怀想一个叫李白的诗人
他长须、佩剑,"十步杀一人,千里不留行。"
"仰天大笑出门去,我辈岂是蓬蒿人!"
呜呼,蜀道之剑门关
我在如今的苍天下,太白先生,我心豁然
诱人攀缘的危崖和古关,布满猛虎和飞鸟的苔藓

非洲凌霄

太粉嫩的东西,总有杀戮之美
人陷入,往往只余灰烬
而众生乐此不疲,在街边,我只是一个路过的人
车子各有方向
驾驶它们的,我可能会一见倾心
但多数一晃而过,像极了万物于时间之中
倏忽之命运。我偶尔看花
在虚无中想象,蜜蜂和露水的秘密之心
这是非洲凌霄,花开犹如风吹
扇动天庭的梦境,给我以无形的光辉

在星巴克有所思

来,兑换一杯,美利坚咖啡
我用信用卡积分。星巴克我压根儿不喜欢
更不常来。物质令人自感有罪
而我们都是消耗者,类似害虫般的存在
每个人都是复杂的
各姿各态。世界相持守恒
从不相信人类命运
只有一种方向。我东方的身体
也适应牛排、果酱和面包
但更依赖米粥、面条,大地上的蔬菜
这是一个多样的年代
向东的更具体温,向西的愤怒傍身
我喝咖啡,只是口腹之欲
而内心的热度,在桂花的秋天
冒香气的身体之间,试图安放创世诸神

我的痛,怎么形容

病毒也是生命。顺我者昌,逆我者亡
人类向来理直气壮
而每一种存在
都有合法性。自诩天地为我所用
利己主义者不是众
是故作聪明,以为自己天赋其命
这是一种高级幼稚病
我喜欢反向思考
譬如现在,我的痛
脑袋里飞舞的螺旋刀,不停深入骨缝
关节亦然。我并不觉得沮丧
想起孟子的反求诸己
天地予人以生,声言皆为我用
如此的思维与认知,如乌鸦不筑巢过冬
总以为阳光只杀
它们这样的生。噫吁嚱,我不过一个人
同在此刻,蒙受日月,空气与万物大恩

2023 春天作

偶读《封丘作》，心有戚戚焉。
高适景县人，与我同乡。
作此诗时，尚未仕。
他关心民间疾苦，自身志不酬，
满腹怨愤。满腹怨愤啊。我今在成都，
寄居，如一片慢慢生锈的刀锋。
今日之天下，万众转换，多数陌生
只是摩肩接踵，耳鬓厮磨。
而我孤独，而我孤独。因为我不是春樱。
也非黑夜冬青
我是我，蚂蚁穿骨，时间喧哗无声。

第八辑　书写的可能

　　维特根斯坦说："我像一个骑在马上的拙劣骑手一样，骑在生活上。我之所以现在还未被抛下，仅仅归功于马的良好本性。"我之所以写诗或者做点别的，都是上天的赋予，就我本人而言，说到底一无是处。有一次，在高铁上，突然觉得一切都没有意义，甚至连自己最热爱的事情。在那一瞬间，世界像是一堆碎片，在大地陈列，在天空飘浮。我觉得我自己实在是一个愚蠢、无用、做作之人。对于诗歌，我也时常厌倦，鄙视自己，为什么不能写得更新鲜一些？我们都在他人的窠臼里跳舞，有时候真的感觉自己像是一只得意洋洋的苍蝇。而不断在绝望中思考和书写，这应当是诗人的普遍状态。我时常如此，极端地否定自己，然后在为更深刻和长久地驳斥和厌恶自己的文字书写，准备大量的证据。而这些证据，主要是我所写下的诗歌。而我对自己只有一个理由，不能不写，还不能少写。所有的写，都是为了更彻底地否定自己，也是为了更有力地"自我胜利"。

成都的雪落地即化

肯定也是轻的,最重要的是落地即化
十多年了,这是第一次
雪在半空之中,而成都必须在下
一片片的
整齐,或者不整齐,它们下来了
下来了,撞击楼顶窗玻璃
行驶的车辆
依旧移动,我于路边,迎面扑咬的
在额头,犹如针扎
反应在心,更多的人不表示惊讶
哦,成都的雪,雪中之雪
雪和雪,乌有的白
人间晨昏,洗劫青竹与梅花

北方下雪了

其实我看不见,雪在内心敲打
北方的乌鸦。还有人在林中折断枯枝
他们需要火焰的指爪
让时光开花,风的长肚皮以下
枯草哎呀哎呀,相互说话
我的故乡,白雪生来有根
房屋、流水,山峰骑着幻境的战马

年少时的雪

那个少年还没有探听爱情
下雪之后,他的心情干硬
风中的空气倾斜。流水暗自疼痛
年少是一种病
漫长,碎片似的停顿
包括渴望与矫情。院内的大槐
被虫蛀歪倒,岭上的枣树
遗留的红,似乎神的灯笼

城市穿梭

一个人过去,另一个来
或者一群,一大堆,面目相对,但不擦肩
甚至相互看不见
多而无视,重要的是无感
街道宽敞如斯,行者窄长似风
在城市往来
我常常独一个。众生啊,消逝者在前
也在后。我们位于其中
无论哪一个,都不过堂而皇之的硕鼠
日渐荒疏的草坪

冬雨的傍晚

孤独属于灵魂呻吟,呻吟等同
肉身翻出飓风。一个女人手牵空气
臃肿的红色羽绒服之中
可能是一颗世俗之心,也可能宛若银叶金合欢
毛茸茸的暖
我在冬雨里洗净疲惫
于黄桷树下,点燃一支香烟
尽管微弱,毕竟有光
和路灯一起,焊接这动词缭绕的人间

午夜无法痛哭

其实无法出声：午夜穿过窗玻璃
路灯凶猛。一绺光照掀开的
是胸口，还有胃疼
眼泪跳出来
痛哭的人，灵魂嘶鸣
如冰河之马，孤独只是形式
内容隆重：一个人于泥淖栽种星空
精神辗转于黎明的刀锋

初冬的茶花

一朵花骑着灰尘，面向用香水的女人
我再路过，只是红
更多的红挤出来，在空中打探
地面的孤独与昆虫
我驻足另一朵，茶花它自带妖精
邻近的樱花
骨朵之中，柔软的愤怒
带着春天的所有愿景，并且保持本分和天真

孤独与爱恨

站在孤独这边：万念俱空
俗世沉溺，一枚叶子与一群风
在黑夜出手，打劫白昼
好不容易半生，爱的，终究辜负
所恨的，可能紧贴胸口
半生所经历的，如油烟中的一块石头
河流之间半块高丘
孤独以星空为家，喧哗于尘埃之间
使劲儿搓手，用掌温，暖自己的心口

青川

青川：忘川乎？
逝川也！从黑夜的手指，到黎明的咽喉
我之记忆在清溪古镇
唐家河之所在
阴平古道。那年的梨花好似猫腰
七里香摇啊摇，青蒿在风里跑跑跳跳
一年蓬和它的黄色肚兜
夜半的羚牛和猿猴
樱花的小母马，婆婆纳凉血解毒
自顾不暇的艾草，隐喻的肚兜与发卡

冬天的麦地

它们是青色的,整体上比云朵稀薄
一群白鸽在找吃的
垄间的风,试图斩断冬天的发丝
柔柔的麦苗
鸽子对此无动于衷
它们更在意土中的草籽
我乘高铁路过,河南大地上
冬麦青青,哦,一群鸽子在找吃的
田地以外的杨树
城市拆解天空,几只乌鸦渴饮北风

黎明的广元

哎呀,高铁广播善解人意
酣梦中我被拽醒
窗外的黑:黎明的广元好像巨大的山洞
其中尽是妖精
时间的花丛,流星飞纵
米仓山的草坡,嘉陵江两岸的岩缝
飞舞着成群的蝴蝶和蜜蜂

向北方

回故乡的人四面漏风
年过半百之后,一次次的大地往行
好像光阴的蜈蚣
沿途的村镇,楼房与车辆
临近的墓冢骑着山岭
越来越枯疏啊,像极了所有的人生
到邢台,冬阳燃烧群山
我的母亲和弟弟,眼睛举着寒风

南太行

对面的三哥胃切除，多年后还在
对着我笑。邻村那个傻子死了
几天后人才发现
再一家的儿子
在外打工，挣钱不给自家媳妇
修路途经老坟，几个喜鹊窝倒挂青天
背阴处的雪，好像人间皱纹
祖先在其中头顶日月
这是我的故乡
南太行素来山高水少
枯草之中的麻雀，在黄荆丛中不敢高歌

拜谒陈子昂

黄桷树冠盖雍容,阴影伟大
向下扎根的
好像光阴的小母马
向上的,仿佛密集的杀伐
命的生铁,被尘俗砸出火花
灿烂、沉雄、悲剧,人人皆如是
这是千年之后的射洪
峰岭低丘,一方墓葬之前
我点燃三支香烟
躬身下拜。呜呼,子昂者,百世之人杰
吾辈之楷模!
只可惜,肉身易朽
人世太多磨难,一个人于其中,徒呼奈何

在射洪

每一次来我都低眉垂首：陈子昂于此
后来者皆卑微。武东山上古柏
宛若书童。俯瞰涪江之上，世事流波
我只能不断背诵
"前不见古人，后不见来者，
念天地之悠悠，独怆然而涕下。"
也只能在他墓前下拜
凝视苍天，流云飞纵，有一些白昼
也满心夜色，有一些人
杀掉时间，在更多人心头，如山如怒

写给玉兰花

必须十米以上,再多一米
香味溃散。再近,美就逃了
我看见:红玉兰粉,白玉兰红
发紫的那部分:人神临界点,仙俗隔离带
哦,我的仰望在春天落地
在成都风中,拿捏妖精似的山茶花
樱花倒好,娇小、细腻,成群结队
在技术时代,乍暖还寒时候
将息日渐老迈的人类

看樱花

每年我都惊奇,年年新花,总是后来者攻陷
逝者的墓穴,在今年,杀伐性地
被我撞见
街道边,枯树内,樱花
集体绽开。细小的、微末的、婉约的
玲珑的、机巧的
樱花。我总是逮不住花香,总想拉进怀抱
放在心脏,让它们听听我
也想我就是其中一瓣
或者蜜蜂啃过的那一嘴

在海边

一个人终究是要包容大海的
这无边之物,柔软、松动、密集而又庞大
风在剥皮
擦脸。就像每一次的世事
每一次的磨难。人生于海边不过一场暴晒
一次眺望
诸多的事物在呼吸之间
烈日以聚敛之光,替这个世界收拾残局
继而抚平伤痕
我只是一个内陆遥远之人
在海边一日,心有万里
而万里以外的人们,山岳与众生
熙熙攘攘,或者淡然安静
海浪吞没沙滩,终将原路返回

高铁飞驰油菜花

这一生我们貌似都在看见,肉身所能的
一定是:移动的事物
和貌似原地踏步的,实则暗中牵连
好似我在高铁上看到油菜花
哦,黄的,青的
它们之间的电线杆
扭身就走的河,离地十五米的麻雀
哦,这世上貌似无关的事物
我看见,我也一闪而过

去崇州

大地昨是今非，这不春天了嘛
空中的鸟群
换了后辈，草木乱甩小手
我去崇州路上，诸多的东奔西走
看到2024年的人间
灰土倒提东风，拉住胸口发紫的玉兰

2024 年清明回河北沙河老家扫墓

本想早点，在列祖列宗面前

跪下，插上几支香烟

再烧些黄纸。爷爷、奶奶

想当年，你们的白头发、黑脸膛

黄昏的条凳上

灯笼招风。骑南瓜的螳螂

袭击正午的麦芒

蝴蝶做梦，蟾蜍吐纳河塘

爹，每一次想起你，我能哭给谁看？

镰刀结霜以后，河水哭诉桥梁

好几年我都没来看你

人、大地、穹隆空旷

这个春天泣不成声，雨滴落地成浆

我在其中活着

爹，仅仅这些灰烬

火焰暖过我们的胸膛

在成都北湖公园

冬日巨大，水面上的压力
借助风的翻耘，逃逸的涟漪乃是天空的心理活动
这是成都的北湖公园
水草依稀茂密，它们摇曳
沉迷、有序，借助水，仿佛莫名的谶语
天与地此刻呼应，链接的导体
是我，还有枝头梅花，残余的银杏叶

昭觉寺

菩提树下,你我皆凡人
大殿以外的香火,俗世原本谦卑
所有的揖拜,内心悬挂沉沉之敬畏
我在其中仰头
苍天浑圆而深沉,大地上所有事物
此刻温驯,本质闪光
带着眼前的安稳,动荡的
风中绿叶,它们看到的世事
澄澈或者苍灰,不过是雨打芭蕉、江河月照

高铁上俯瞰平原

平得一念万里,天空遁走
金黄的麦茬,房舍变黑
那么多的建筑、机车,集体蹦跳的灯火
人间喧闹。我累了,起身
忽听到大地之语:再多的堆积
也不过时间的玩具

人类

星群先后张嘴,但不表示惊讶
你月下骑马,我雪地作画
淘米的白玉兰
腰身宽大;浣衣的紫桃花
搓洗长风的门牙。哎呀呀,人类的好日子
唯有那些旷世傻瓜,心怀广大

很久没写诗了

很久没写诗了：夜色出走嫩芽
晴空跑着火把
正午的街道，斑斓人的木瓜
院子里的柚子
砸中惊叫，远处那一堆乌云
在和暴雨打架。我只是很久没写诗了
只是看到此刻之物
只是想说：蚂蚁于旗杆上拐弯
甲虫哭丧着脸
和落日一起，掠走又一天的蒸气与荷花

| 访谈

诗歌：内心、灵魂与万物之间的"偶发事件"

《诗歌月刊》：缘何写诗？

杨献平：对我而言，写诗有些命定的意味。起初，只是想隐秘地说出一个人对于未来某种理想生活的态度和希冀。写了几首，也没当回事。在少年懵懂时代，每个人都是混沌的，也都是蓬勃的，浑身上下都奔腾着生命本体的力量。几年后参军到西北的巴丹吉林沙漠，在古老的弱水河旁边，高天阔地的瀚海大漠，吹尽千古的猎猎大风，军旅生活火热、深邃，而又广大、阳刚，充满铿锵激越的铁血素质。某一日某一刻，忽然觉得自己也应当做点什么。这个"什么"，完全是个人的，但也不只是个人的。"个人"这个词在天地万物之间显得渺小且虚妄。那时候我就觉得，一个人来到这个世界，就是一个奇迹，而如何让这个"奇迹"更加有效，发出一点光亮，我觉得应当是一个自觉的使命。

躺在月照黄沙的营房里，辗转很久，我才想到，几年前，居然写过诗。而除了这一件豪壮之举，自己好像再也没有什么值得

"发扬光大"的个人的"雕虫小技"了。而且,第一次离开故乡到异地之后,我觉得这个世界太神奇了,诸多的事物在各自的位置坦荡而神秘地运行,每一种事物都是那么丰富、幽邃和深阔。我觉得我应当参与其中。于是,开始照猫画虎,练习诗歌写作。

《诗歌月刊》:你的诗观是什么?

杨献平:诗歌就是内心、灵魂与万物之间的"偶发事件"。人在世界上,人群中,最热闹也最孤独,最智慧也最愚蠢。人的复杂性也是万物序列之一。人的命运也是整个自然和人类的一部分。每个人都在其中。写诗,就是要呈现这种既独立又纷繁,既唯我独尊又无可奈何,既无知又"神明",既"独上高楼"又"匍匐尘埃"的那种人的"状态",包括肉身和精神,苦难、困境、不幸、愉悦、快乐、梦想等等,都在其中。当然,诗歌最伟大的地方就在于她可以让我们隐晦、自由,丰沛或冷峭,欲言又止,触类旁通,由此及彼,由尘埃而宇宙,由卑微而神圣,由自我而众生,由爱到爱,由慈悲到慈悲。诗歌要做的,就是人在无常的世事与思维、精神的不断跌落、飞升、觉悟与领受之中,把那些难以告知,类似量子纠缠与暗物质的人的某些时刻的种种"天启"用诗歌方式写出来。

《诗歌月刊》:故乡和童年对你来说意味着什么?

杨献平:每一个人都有一个精准的出生地,当然,父母兄弟和甚至一生当中遇到的人和事,以及物,都是精准的。这个世上,从无"无缘无故"之人事物。故乡予我的,是生命的赐予,更是父母亲人的恩德。少年和青年时代,我总是想逃出故乡的掌控,总是觉得外面的一根草,都胜过家乡的真金白银。而事实上,很多人没有故乡,只有家乡。只有离开原出生地的人,才是有"故乡"的人。

更有意思的是,也唯有离开故乡,才能真切地看到故乡的具体方位,包括她的地域伦理、自然与文化背景之中的人的秉性、习俗,以及诸多人的俗世生存状态和精神要求,当然还有诸多的困境与局限、美好与败坏等等。而故乡对于生长其中的人的地理、文化赋予和塑造,则会影响其一生。

还有一个特别诡异的现象是,每一个中国人,无论身在何处,到最后,身体和灵魂都在返回故乡。尽管这是个简单的事情,却不可能人人如此,都会真正实现。但在年老之时,我们都在自觉不自觉地进行着面目各异、形式不同的、个体性的"返乡运动"。这种现象,估计很少人认同,但如果说每一个人都在返回和重复自己的童年,大抵是没人反对的。对于大多数出外的有故乡的人而言,童年才是真正的"肉身与灵魂原乡"。

弗洛伊德的"人的一生总是在弥补童年的缺失"似乎也对,但与我以上表达的,似乎还有出入。不管如何,故乡、童年,是每个人的"烙印""枷锁""牢笼",也是暖乡与归宿,出发点和"心灵飞地"。

《诗歌月刊》：诗歌和时代有着什么样的内在联系与对应关系？

杨献平：对整个宇宙而言，万古不过须臾，一个人的人生更是须臾之须臾。如此之多的"须臾"，肯定会被一层层一代代，无数的人分别领受。因此，在散文写作中，我尤其强调"时代的个人经验和个人的时代经验"。不怎么在意历史写作、书斋写作，让个体在特定的时代中时刻迸发蓬勃的鲜活的力量，是每个写作者必须要做的事情。屈原、曹操、李白、杜甫、李清照、辛弃疾、关汉卿、蒲松龄、曹雪芹、纳兰容若等人的伟大，其中一点就在于，他们在特定的、属于他们的"时空"完成了"他们的时代的生命、精神和世界的写作"使命。探究他们的时代及其生命、精神和心灵的任务，应当交给史学家去逐一完成，而不是作家和诗人。作家和诗人的职责，就是为"后来""未来"提供我们所在的这个特定历史场域中的诸多"活的"因素和痕迹，而不是把"已然的事实"一次次挖出来展览和陈列，这种"展览""陈列"往往言不及义，甚至大相径庭、南辕北辙。我以为，诸多的历史写作基本无效，除非训诂、考据、考古发现等等的阐述与再"确认"。

时代与个人、与写作者之间的关系，是相互成就的。尽管文学创作要拉开与现实的距离，但这个距离并非地理上的，而是认知、境界层面的。因此，时代与写作者之间，既是相互成就的，也是相互间离的，既是现场的，又是现场之内及其以上的。

《诗歌月刊》：对于当下的诗歌创作，你的困惑是什么？

杨献平：尽管有无数、无尽的诗人，但是，很多诗人并不能很好地解决个体作为一个诗人的现实问题。诗歌本身就是一个博大无尽、丰饶混沌的存在，诗人应当做的，就是努力把诗歌写好，并非生活得更像诗歌和诗人。其中意味，想必是有人懂得的。我困惑的是，为什么那么多诗人赳赳、昂昂、雄踞于诗歌之外，而不是和诗歌"本尊"深入纠缠、探究、创新、"加高"呢？每一个诗人的使命是建造自我的诗歌高地与峰巅，其他的，都是诗歌的"身外之物"。

《诗歌月刊》：经验和想象，哪一个更重要？

杨献平：可以肯定地说，经验不等于经验性写作。"经验"这个词在文学写作当中应当更宽泛、更隐秘、更丰饶、更不可解，而不是一般意义上的"现实的即得经验"，而所有的想象力的产生必然需要一个根基，那就是"此刻我在"的现实。经验在很大程度上是细节的真实和感染力的根本保证。如司空图所说"取语甚直，计思匪深。忽逢幽人，如见道心"。但经验也是限制。想象力需要诗人和作家的一种"飞跃"能力，司空图也说，"观花匪禁，吞吐大荒。由道反气，虚得以狂"。

王国维《人间词话》亦言："诗人对宇宙人生，须入乎其内，又须出乎其外。入乎其内，故能写之。出乎其外，故能观之。入乎其内，故有生气。出乎其外，故有高致。美成能入而不出。"以李白和杜甫为例。李白是想象力的开拓者与实践者，杜甫则是俗世经验的记录者与提升者。还有苏轼和辛弃疾，前者是诗词文赋的"整合者"，后者则是"开新境者"。经验和想象力同等重要，但想象力更为重要。想象力是"神来之笔"，经验是"纵横之迹"。想象力是惊天地泣鬼神的"天外来客"，经验是抚慰自我与众生的"脱尘新生"。

《诗歌月刊》：诗歌不能承受之轻，还是诗歌不能承受之重？

杨献平： 最好的诗歌是空灵深透、悠然恢宏、"四两拨千斤""幽人空山，过雨采蘋""浅深聚散，万取一收"。所谓的黄钟大吕，振聋发聩，也一定是在此基础上的"升华"而成的。相对于诗歌的"轻"，诗歌的"重"需要与之匹配的思想与博大情怀、精神境界。如李白之"夕阳残照，汉家陵阙"，范仲淹之"千嶂里，长烟落日孤城闭"，纳兰性德之"夜深千帐灯"。轻的如无名氏"四顾何茫茫，东风摇百草"，辛弃疾"众里寻他千百度，蓦然回首，那人却在灯火阑珊处"，李清照"莫道不销魂，帘卷西风，人比黄花瘦"。能"轻""重"自然切换者，方为好诗人、大诗人。但诗歌本身无轻重之分，所谓"诗无达诂"是也。

《诗歌月刊》：你心中好诗的标准是什么？

杨献平： 诗歌乃至其他的一切艺术性的创作，一定是文学的、艺术的。我心目中的好诗标准主要有三个方面。一是独特。好诗最根本的要素之一，就是排他性、唯我性。尽管不可能与"传统"

完全割裂，另开新"境"，但这种意识一定要具备。再者，我理解的独特是整首诗当中绝大多数是其创作者一人的，而不能是"整合"和"套改"的。二是创新。诗歌创新很难，但诗人必须有此意识。不是表现在某一首，而是时时刻刻，高度自愿自觉。三是境界。一切的文学艺术作品，最高标尺就是"情怀"和"境界"。王国维"境界"说，至今犹未过时，他说，"（诗）词以境界为最上。有境界则自成高格，自有名句"。

《诗歌月刊》：从哪里可以找到崭新的汉语？

杨献平：从自己的内心深处，以及在生活现场的精细观察与发现。当然，前提是诗人本身要具备这种基本的"觉悟力"。比如，在当下年代，人的生活方式已经被科技大幅度的深入地改变和"重塑"，不管是"机械工具"还是"智能工具"，给人类带来的影响甚大，更加复杂和深刻，这也为汉语的发展，尤其是诗歌语言的创新，提供了无奈的影响，而诗人应当从这些无奈之中，找到更加适合当下时代的诗歌语言。哪怕只是一句，甚至一个词，也是非常了不起的一种创造。一言以蔽之，即，所有为诗歌本身发展而有所贡献的诗人，都是值得学习和致敬的。

《诗歌月刊》：诗歌的功效是什么？

杨献平：艾略特说："在一首诗写成之后，某种新东西产生了，那是以前出现过的任何东西都不能完全解释的东西。"就个人而言，我写诗的本心是，多年之后，再次读到自己的某些诗歌，会觉得惊奇和惊艳，会不自觉地去追索和回忆写那首诗歌时候的心境与现实，还想努力找出促使那首诗生成的因素，我觉得这就是个人的诗歌功效。至于诗歌的整体功效，我以为应当是一种犹如天启般的"人神辉映"的各色光辉，不仅能照亮自己，也能触动和照亮这世上某一部分人。

《诗歌月刊》：你认为当下哪一类诗歌需要警惕或反对？

杨献平：最近有人在摇头摆尾、煞有介事地排斥文学中的大词，我觉得很可笑。"大词"只有"大的人及其气象境界"才能担当起来，其他的，难怪被压垮，压垮而排斥，也是宵小之心在作祟。

与此同时，我也一直有两个疑问。第一，全部西化的文学实验和文学批评成为主流之后，何以中国文学？第二，以现代文学创作意识、方法、理论体系为圭臬，于当下和未来究竟会起到什么样的作用？一味地"拿来"之中，当代中国文学到底获得了什么？自我何以成为自我？

当下最需要警惕的诗歌有五种，一是过分口水化的空洞无物，二是空泛的炫技，三是无休止的老调重弹与"因循守旧"，四是盛气凌人的自以为是，五是洋洋自得的、旁门左道的"剑走偏锋""他山之石"。借鉴必要，而且非常必要，但把汉语诗歌写成翻译体，奉西方某些诗歌和诗人为鼻祖，亦步亦趋，好像另一些徒子徒孙者，耻矣。诗歌是自我的，更是创新的，更是独立的，自成一体、自为一家。

| 代后记

诗歌应当是一种精密而宏阔的艺术建构

/ 杨献平

"一切文学都是从诗开始的。"对于博尔赫斯的这句话，我们当然不用怀疑它的"真理性"。任何艺术都可以用"诗"来"形容"和称呼，包括诸多自然物。但诗歌从来没有像现在这般难以被"定性"，所谓的具有普遍价值和意义的诗歌"标准"更是不可能被任何语言和诗歌力量"确定"下来。我们当前的诗歌呈现出的诗歌审美差异和"判断"，一方面严重缺乏"共性"，"纷繁""分歧"得"无以名状""不明所以"，另一方面，当下的诗歌在总体上远远没有达到它自身应当具备的"气象"和"风度"。直白一点说，诗歌在当下年代的认知和判断的"界线"与"准则"极其模糊，对于诗歌的判断和认知，不论读者还是创作者，还真有一种"相互撕裂"的感觉，即便是当下最优秀的诗人和诗歌批评家，在很多时候，也难以在诗歌及其创作理念、主张上有效说服对方。对于诗歌阅读和鉴赏，读者和读者之间也有着诸多的"不敢苟同""大相径庭"，甚至"各不相让""各说各话"。

作为一个"诗歌从业者"，我个人更喜欢的是"兼容""彼此尊重"，艺术始终是百花齐放的好，也始终是"各不相让"的好。文学艺术的本质，其实就是"非理性的、极致的情感和思维的适度迸发及其蕴含的'力量'的总和"，当然这句话只是我个人对于诗歌及其"本质"和"能效"的一种认知，并不能代表所有的诗人和阅读诗歌作品的人们的感受。墨西哥诗人佩拉尔塔·帕斯曾说："诗歌是危险的，因为它体现了人的非理性部分，人的激情，人的欲望，人的梦想。"这句话，可以算作是这样一位"异邦"的诗人对我的"呼应"和"验证"。

意大利文艺批评家贝奈戴托·克罗齐说诗歌的本质就是表达。我本人也极为认同这个观点，但在技术层面上，这个"表达"又显得笨拙甚至有些"言不及义"，所有的文学艺术必然包含了"技巧"，这是一种只可意会不可言传，甚至只可以"被定义"和分析，但根本上无法教授的"心领神会"和"犹如神助"的"非理性的心灵技能"。与之相对的，如果一个诗人和作家仅仅依靠"技术"，那么他的写作也是可疑的。文学艺术最大的力量是情感的力量，是内心和精神的力量。这种"力量"的有效、恰如其分地施展和运用，会使得文学作品更具备感染力。所谓的感染力，其实就是吸引人的力量，而这种力量的来源,是诗人和作家们发自内心的"真诚"。

"真诚"首先是一个人面对世界的根本态度,也是诗人作家对于其笔下事物、个人诸般经受和经验,以及内心思想等方面的一个"自我出发点",而不应当是一种"佯装"和"故作"。《易经·乾卦·文言》中说,"修辞立其诚"。王国维《人间词话》有言,"能写真景物,真感情者,谓之有境界"。我本人权且也算是一个"诗人"和编辑,对于诗歌,我更多地看重三个方面。一是语言的"崭新性",诗歌无疑是一种语言艺术,更重要的是,在时间和时代当中,诗歌的"诗句"也是发展的。一个诗人对于语言的敏感和创新能力,是检验其诗歌创作"层次"或"境界"的一个重要标准。二是情感的深度与表达情感的能力。诗歌可以承载"思想",但诗歌当中"思想"的大背景是"哲学",是文化,是精神向度和灵魂的韧度与宽度,单纯的"教化"和"布道"是对诗歌的另一种"损坏""伤害",也是对其情感力量的"削弱"。我记得里尔克有一首诗,名叫《村子只剩下一幢屋》,其中有一句这样说,"夜晚来临,有仇或者没仇的人们,不得不又睡在一起"。其中的情感力量,承袭了一种大的文化和哲学背景,即,无论是谁,我们之间有着怎么样的恩怨,白昼之后,整个人类都不得不"睡在黑夜当中"。三是诗歌整体上的创新性。既然文学艺术是发展的,那么,诗歌可能每一次都会走在诸多文体的最前面。创新即是一个诗人对整个诗歌创作和发展的贡献与影响的大与小、显与弱的问题。

在我们日常受到追捧的多数诗歌作品当中，诸多的读者甚至作者喜欢听取"多数人的意见"，而且特别喜欢被"指定"，比如，某些诗歌得到了某一些专家学者的喜欢，其他人便会不加分辨地整齐跟上，这当然是好事，但相对于不加辩驳地跟从与效仿，在文学阅读与鉴赏方面，更需要的是更多人的一种"自我判断"和进一步的"分析研究"，尤其是以当下为基本参照，进行更全面更精细的"研判"和"识见"，而后做出的更符合文学之道的精当评论，更为重要。诗人和文学工作者、爱好者应当更高一筹，甚至更习钻和"犀利"一些，在文学批评和阅读上，各抒己见甚至"别有洞天"的"不敢苟同"更具有现实意义，对诗歌的创新发展，也更有现实的积极的作用。

就像喜欢奇思妙想，尊重更多的神来之笔那样，我相信更多的读者和研究者，最为看重和尊重，甚至希望能够在诗歌中找到的，一定是能够"击中"自己的那些句子，或者一个分行的方式，一个组合奇妙的"创新性的词汇"，诗句中一个"昙花一现"的感觉、经验，以及启发新的想象与思想的诸多"蛛丝马迹"等等。一首诗整体上的"效能"，也往往体现在其中的一些令人惊艳的因素上。布罗茨基曾说，"作为墓志铭和警句的孩子，诗歌是充满想象的，是通向任何一个可想象之物的捷径"。他还说，"它（诗歌）就是节约的同义词。因此，人们所要做的，就是对我们的文明进程进行概括，尽管是小规模的"。

我可能更喜欢诗歌当中的"偏差"或者说"出错的"那部分，还有诗歌当中那些出其不意的"奇异表现"。比如，在阅读诗歌的过程中，忽然发现一个和一些"超出常规"甚至"大逆不道"的诗句、词语、意象的颠覆、对庸常和惯常的背离、对既定事物及其规律的"冒犯"等。而特别"规矩"的诗歌，则给人一种乏味之感。长期以来，很多的诗歌写作是忽视"逻辑"的，甚至有部分诗人认为，诗歌当中不存在逻辑。我以为这是一个极其严重的"误解"，恰恰相反，诗歌的逻辑甚至比小说还要精密与严格。罗兰·巴尔特在《写作的零度》中说："（诗与散文的语言）永远可归结为一种说服性的连续体，它以对话为前提并建立了这样一个世界。在这个世界中人不是孤单的，字词永远不具备有事物的可怕重复，语言永远是和他人的交遇。"

诗歌应当是一种精密而又宏伟的建构。如果说小说写作犹如建造宫殿和新世界，散文像是站在群山之巅俯瞰万物苍茫与蜿蜒递进，那么，诗歌就像建塔运动。这个话，诗人于坚好像也有类似的阐述。说诗歌精密，它首先是源自个人，个人又融合诸多人类和事物经验的一种艺术建造，强调的是宏阔的文化和精神背景。诗人的作品是个体化的，但更重要的是，在诸多的个体承载之中，所能展现的人类整体命运及其文明之综合,是个人对于他者、他物的深切观察和体恤,而后生成的一种"艺术性存在与呈现",在此基础上,诗歌更应当是自身于天地之间、众生之中的"思维尖端、美妙天庭",情感的"含蓄和极致,纯粹、复杂与绝妙",以及语言和形式上的精确、新颖别异。其次,所有的诗歌应当是云霓一般的"海市蜃楼"或者登天之梯,既连接大地尘埃、万般生灵、人间烟火,又能超脱其外,在人们的情感深处和灵魂的顶端,建造一种绮丽或者恢宏的"精神景观"。

第三,诗歌更应当具备"反刍"与自我更新的能力。诗歌的本质是进化的,而这种"进化"需要的前提,一个是不断有诗歌新人加入,另一个则是诗人自身所具备的不断的自我反省与更新能力。艾略特说:"假如传统或'世代相传'的意义仅仅是盲目地或一丝不苟地因循前人的风格,那么传统就一无可取。"在很长一段时间里,我格外看重新人的作品,包括散文和小说。他们以自己特有的成长和文化背景,尤其是时代上的"得天独厚",使得他们的文学创作,从一开始就和前辈们形成了很大的区别,而且是进步的,符合文学之大道的。任何一种艺术门类,都不可以操持过久,一旦有了油滑的气息、技术凌驾情感、语言僵化甚至失去"进化"的能力的迹象之后,其诗歌写作必定会重复自己,甚至"回退",这是一个残酷的现象和事实。诗歌乃至一切的文学创作,其本质上是不断地触碰"难度""高度",以及作家诗人的敏感与"觉悟",解决"痼疾",从而使得自己的艺术创造力始终能够在不断地反省与校正当中保持一种上升的态势。

迄今为止,我个人只出了一本真正意义上的诗歌,即四川文艺出版社2015年出版的《命中》,之前和几个朋友有过一本合集,是林染老师写的序言。这一次,《万物照心》有幸出版,当然要感谢一直厚待我的向丽女史。在此,祝福大家,祝福读到我的这些习作的每一位师友,真心请大家批评教正于我。因为我始终觉得,最好的书写状态就是不断地写,努力写得好一点儿,再好一点儿,那就很令人满足了。